講談社文庫

提灯斬り

鶴亀横丁の風来坊

鳥羽 亮

講談社

もくじ

提灯斬り――鶴亀横丁の風来坊

第一章　女衒《ぜげん》

1

「どうです、迎え酒は」

平兵衛《へいべえ》が、笑みを浮かべて言った。

「い、いや、酒は遠慮しておく。昨夜、飲み過ぎたようだ」

風間彦十郎《かざまひこじゅうろう》が、冴《さ》えない顔で言った。

ふたりがいるのは、口入れ屋、増富屋《ますとみや》の帳場の奥の座敷《ざしき》だった。平兵衛は増富屋のあるじである。

口入れ屋は、人宿《ひとやど》、肝煎所《きもいりどころ》、請宿《うけやど》などとも呼ばれ、仕事を雇う側と雇われる側にたって世話をし、双方から相応の金をとっていた。

彦十郎は、二十代半ばだった。御家人の次男坊だったが、兄が嫁を貰《もら》い、家に居辛《いづら》くなって飛び出し、増富屋で仕事を斡旋《あっせん》してもらっているうちに平兵衛と親しくなり、二階のあいている部屋で寝起きするようになった。居候である。

すでに、四ツ（午前十時）を過ぎていた。昨夜、彦十郎は二階の部屋で遅くまで酒を飲み、起きるのがいまごろになってしまったのだ。

彦十郎がいるのは、平兵衛が内密の仕事を斡旋するときに使われる座敷だが、彦十郎の飯を食う場にもなっていた。

「いま、おしげが朝飯の仕度をしてますよ」

平兵衛が言った。

おしげは、平兵衛の女房である。おしげは、彦十郎の朝飯の仕度をするために奥の台所にいるらしい。

彦十郎が座敷に腰を下ろしていっときすると、廊下を歩くふたりの足音がした。障子があいて姿を見せたのは、おしげとお春だった。お春は十三歳。平兵衛夫婦のひとりっ子である。甘えて育ったせいもあって、まだ子供らしさが残っている。

おしげは、四十代半ばだった。色白で太っていた。白くふっくらした顔は、饅頭《まんじゅう》に目鼻をつけたようだった。ただ、愛嬌《あいきょう》があり、そばにいると、ほっとするような暖かみを感じる。

一方、平兵衛は五十がらみ、痩身で面長だった。顎がしゃくれていた。夫婦で並んでいると、ふたりの顔が満月と三日月のように見える。

おしげとお春は、盆を手にしていた。盆には、丼の湯漬《ゆづけ》と漬物の入った小鉢、それに湯飲みと急須がのせてあった。

「いや、すまんな」

彦十郎が目を細めて言った。

彦十郎は、さっそく湯漬を食べ始めた。まだ、昨夜の酒の酔いが残っていたが、腹がすいていたので旨《うま》かった。

おしげとお春は、平兵衛の脇に座していた。ふたりは笑みを浮かべて、彦十郎の食べるのを見ている。

彦十郎は面長で、鼻筋がとおっていた。なかなかの男前だが、無精髭《ぶしようひげ》が生え、髷《まげ》が乱れていた。それに、二日酔いで冴えない顔をしている。どう見ても、貧乏牢人《ろうにん》そのものである。

「旨い！　ふたりが出してくれる飯は、いつも旨い」

お世辞ではなかった。ふたりが仕度してくれる飯は、いつも旨いのだ。もっとも、腹が空いているときに食べることが多いせいもあるのだろう。

彦十郎が、飯を食べ終えて箸を置いたときだった。店の戸口の方で足音がし、表の腰高障子のあく音が聞こえた。

「平兵衛の旦那、いやすか」

男の声がした。

「猪七《いしち》さんですよ」

おしげが言った。

猪七は近所に住んでいる。歳《とし》ははっきりしないが、かなりの年配である。若いころ、岡っ引きだったが、いまは飲み屋をしている女房の手伝いをしていた。

いつもと違って、猪七の声に昂《たかぶ》った響きがあった。

「何かありましたかな」

平兵衛が腰を上げた。

「おれも、行ってみるか」

彦十郎も立ち上がった。朝飯を食べ終えていたし、女ふたりとその場に残るのは気が引けたのだ。

彦十郎と平兵衛が帳場にもどると、猪七が足踏みしながら待っていた。何かあったようだ。

「猪七さん、どうしました」

平兵衛が猪七に訊《き》いた。

「おはつってえ、女児《おんなのこ》がいなくなったようでさァ」

猪七の声には、昂った響きがあった。

「おはつという児は、鶴亀横丁《つるかめよこちょう》に住んでいるのかな」

平兵衛が訊いた。

増富屋は、鶴亀横丁にあった。昔、横丁の出入口の両側に、鶴屋という質屋と亀屋という古着屋があり、それで鶴亀横丁と呼ばれるようになったという。いまは、鶴屋も亀屋もなく、そば屋と一膳めし屋にかわっている。

鶴亀横丁は、浅草西仲町にあった。浅草寺《せんそうじ》に近いせいもあって、参詣客や遊山客《ゆさん》などが流れてくるので、質屋と古着屋より飲み食いできるそば屋や一膳めし屋の方が、繁盛するようだ。

「横丁にある下駄《げた》屋のひとり娘でさァ」

猪七が言った。

「勝次郎《かつじろう》さんの娘さんか」

平兵衛は、鶴亀横丁に勝次郎という男のやっている下駄屋があるのを知っていた。

「そうでさァ。おはつは、手習所からの帰りに男に連れていかれたようですぜ」

猪七が言った。手習所は寺小屋のことで、江戸では手習所とか幼童筆学所とか呼ばれることが多かった。

「中西どのが、ひらいている手習所か」

彦十郎が訊いた。鶴亀横丁から路地に一町ほど入ったところに、中西桑兵衛《なかにしそうべえ》という男がひらいている手習所があった。

「そう聞きやした」

「男に連れていかれたそうだが、見た者がいるのか」

「手習所にいっている子供たちが見て、親たちに話したようでさァ」

猪七が言った。

すると、黙って猪七と彦十郎のやりとりを聞いていた平兵衛が、

「いまも、横丁の者たちは、おはつを探し歩いているのかな」

と、脇から猪七に訊いた。

「あっしは、ここに来る途中、手習所に子供を通わせている何人もの親たちが、横丁を探し歩いているのを見やした」

猪七が、平兵衛と彦十郎に目をやって言った。

「ほっとけないな」

彦十郎がつぶやいた。虚空にむけられた双眸《そうぼう》が、鋭いひかりを宿している。彦十郎の胸に、人攫《ひとさら》いのことが過《よ》ぎったのだ。

2

翌朝、彦十郎はいつものように増富屋の奥の座敷で朝餉《あさげ》を食べた。その後、おしげが淹《い》れてくれた茶を飲んでいると、帳場にいた平兵衛が慌てた様子で入ってきた。

「どうした、平兵衛」

彦十郎が訊いた。

「見えましたよ、おあきさんという方が」

平兵衛が、彦十郎に身を寄せて言った。

「おあきだと、おれは知らんぞ」

彦十郎は、おあきという名の女に覚えがなかった。

「手習所の師匠の娘さんですよ」

平兵衛によると、おあきはおはつという女児が攫われた手習所の師匠の娘だという。

「その娘が、おれに何の用だ」

彦十郎が訊いた。

「存じません。ともかく、会って話を聞いたらどうです。風間さまに、お会いしたいと言っておられるのですから」

「そうか。……会ってみるか」

彦十郎は腰を上げた。

平兵衛について行くと、帳場の前に立っている女の姿が見えた。十六、七と思われる娘だった。色白で目鼻立ちの整った美人だが、質素な感じがした。島田髷に、櫛《くし》や簪《かんざし》を挿していなかった。小袖も地味な縞柄《しまがら》である。

娘は平兵衛と彦十郎を目にすると、不安そうな顔してちいさく頭を下げた。

「おあきさん、風間さまをお連れしましたよ」

平兵衛が穏やかな声で言った。

「風間彦十郎でござる。それがしに、何か御用かな」

彦十郎は、いつもとちがう優しい声で言った。

「おあきと申します。風間さまに、お願いがあってまいりました」

おあきが彦十郎に縋《すが》るような目をむけた。

彦十郎がおあきにどんな話か訊こうとすると、脇にいた平兵衛が、

「込み入った話のようです。帳場の奥で、お聞きしましょうか」

そう言って、おあきと彦十郎を帳場の奥の座敷に連れていった。そこは、彦十郎の食事の場にも使われたが、特別な仕事を斡旋したり、内密の仕事を受けるときなどに使われる座敷だった。すでに、彦十郎の朝餉の後の片付けは済んでいた。おしげが気を利かせて片付けたのだろう。

三人が座敷に座ると、

「ここなら、話を聞かれる心配はありません」

平兵衛はそう言った後、「おあきさん、話してくだされ」と小声で言い添えた。

「増富屋さんには風間さまという方もおられ、どのような難事でも助けてくれると聞きました」

おあきが、平兵衛と彦十郎に目をむけた。

「できるだけのことはしますよ」

平兵衛が言った。

平兵衛は口入れ屋として仕事の斡旋をするだけでなく、横丁の住人の心配ごとや悩みなどの相談にのって、力を貸してやることがあった。それで、横丁の住人は平兵衛を頼りにし、困ったことがあると相談にくるのだ。ただし、仕事によっては相応の金を貰うこともあった。

「おはつちゃんを、助けてください」

おあきの声が震えた。

彦十郎はおあきと目を合わせたとき、この娘のためなら、やってやる、と思ったが、それを口にするより早く、

「中西さまは、どうされているのです」

と、平兵衛が訊いた。

「父は、いま勝次郎さんたちといっしょに、おはつちゃんの帰り道を探しています。わたしは、すこしでも早く人攫いの行方を探して欲しいと思い、ここに来たのです」

おあきが言った。

「おはつという娘は、人攫いに連れていかれたと、はっきりしているのか」

彦十郎が訊いた。

「はい、手習所に来ている子が、おはつちゃんが胡乱《うろん》な男に連れていかれるのを見た

のです。人攫いとしか思えません」

「その男、町人か、それとも武士か」

彦十郎は、人攫いなら町人だと思ったが、念のために訊いたのだ。

「町人のようです。子供たちの話なので、はっきりしませんが、刀は差していないと言ってましたから」

「そうか」

彦十郎と平兵衛が、口をつぐむと、

「人攫いから、おはつちゃんを取り戻してください」

おあきが、涙声で言った。

彦十郎はおあきの花弁のような唇が震えているのを見て、「おれに、任せてくれ」と言いかけたが、

「てまえどもは、口入れ屋でして……。どのような御依頼でも、仕事料を頂かなければなりせん」

と、平兵衛が口を挟んだ。

「存じております」

おあきは懐から紙入れを取り出すと、小判を二枚手にし、

「いまは、これだけしか、用意できません」

と、小声で言い、平兵衛の膝先に置いた。

これを見た彦十郎は、

「十分だ。同じ横丁に住む者として、此度《こたび》の件は仕事料など貰う気はないが、これも口入れ屋の仕事のうちだからな」

と、脇から言った、
平兵衛は渋い顔をし、「風間さまが、そうおっしゃるなら」と言って、膝先の小判に手を伸ばした。平兵衛は、二両で引き受けられるような仕事ではない、と思ったようだ。

3

おあきが増富屋に来て、おはつの救出を依頼した翌日の午後、彦十郎は猪七とともに手習所に向かった。おあきだけでなく、手習所の師匠の中西からも話を訊いてみたいと思ったのだ。それに、昨日、中西がおはつの父親たちと探索にあたったときの様子も訊いておきたかった。

「旦那、厄介な仕事ですね」

歩きながら、猪七が言った。猪七も、彦十郎とともに平兵衛が受けたおはつを助け出す仕事にあたることになったのだ。

「依頼金がすくないが、同じ横丁に住む者の子供が攫われたのだから、金のことなど言ってはおれん」

彦十郎が語気を強くして言った。

「まァ、そうですが……」

猪七は苦笑いを浮かべただけで、それ以上何も言わなかった。受けてしまったのだから、仕方がないと思ったのだろう。

彦十郎と猪七が、そんなやりとりをしながら歩いているうちに、前方に手習所が見えてきた。そこは、人通りの多い鶴亀横丁とちがって、行き交うひとの姿は少なく、路地沿いには仕舞屋《しもたや》が多かった。

「子供たちは、いないようですぜ」

猪七が言った。

手習所に近付くと、子供たちの声が聞こえるものだが、今はひっそりとしていた。おそらく、子供たちは手習を終えてそれぞれの家にもどったのだろう。あるいは、おはつが攫われたばかりなので、手習を昼前だけで終わりにし、いつもより早く子供たちを帰したのかもしれない。

彦十郎と猪七は、手習所の前に立った。辺りに人影がなかった。ふたりが戸口から入ると、広い沓脱《くつぬ》ぎと下駄箱が置いてあった。子供たちが来ていれば、そこに多くの履物があるのだろうが、がらんとしている。

沓脱ぎの先に狭い板間があり、その奥に障子がたててあった。障子の向こうで、かすかに床板を踏むような足音が聞こえた。

「だれか、おられるか」

彦十郎が声をかけた。

すると、沓脱ぎに近付いてくる足音がして障子があいた。姿を見せたのは、おあきだった。

「風間さま！」

おあきが、驚いたような顔をした。

「中西どのは、おられるかな。昨日、横丁の者とおはつを探したときの様子を訊きたいと思って、まいったのだ」

彦十郎が言った。

「お上がりになってください。すぐに、父を呼びます」

おあきはそう言って、彦十郎と猪七を座敷に上げた。座敷は広く、縁なしの畳が敷かれていた。片側には子供たちの使う天神机が、並べられている。どうやら、この座敷が子供たちの手習の場になっているらしい。

おあきは、彦十郎と猪七を手習場の奥の座敷に連れていった。そこは、来客を案内する座敷らしかった。正面に床の間があり、暮らしに使う家具類は置いてなかった。整然としている。

彦十郎と猪七が座敷に腰を下ろして待つと、いっときして左手の障子があき、おあきと年配の男が姿を見せた。男は四十がらみであろうか。総髪だった。その顔が、どことなくおあきに似ている。

男は彦十郎と対座すると、

「中西桑兵衛でござる」

すぐに、名乗った。おあきは緊張した面持ちで、中西の脇に端座している。

中西につづいて、彦十郎と猪七が名乗った後、

「昨日、おあきがご迷惑をかけたそうで、まことに申し訳ござらぬ」

そう言って、中西があらためて彦十郎に頭を下げた。

「い、いや、攫われたのは、同じ横丁に住む娘だ。われらが、娘を助け出すのは当然のことでござる」

彦十郎はそう言った後、

「昨日、中西どのは、父親の勝次郎たちといっしょにおはつを探されたようだが、何か知れましたか」

と、訊いた。

「おはつが人攫いと思われる男に、連れていかれるのを見掛けた者はいたのだが、鶴亀横丁を出たことが知れただけで、その後の行方は分からないのだ」

中西が眉を寄せて言った。

「連れていったのは、どんな男です」

彦十郎が訊いた。

「知れたのは、町人で、三十がらみの浅黒い顔をした男ということだけです」

「浅黒い顔の男な」

彦十郎がつぶやいたとき、黙って聞いていた猪七が、

「その人攫い、女衒《ぜげん》ですかね」

と、口を挟んだ。

「いっしょにおはつを探した男たちのなかに、女衒にちがいないという者が何人かいたが、名を知る者も、顔を見たことのある者もいなかったのだ」

そう言って、中西は肩を落とした。

次に口をひらく者がなく、座敷が重苦しい沈黙につつまれたとき、

「おはつちゃんが、可哀相《かわいそう》です」

と、おあきが涙声で言った。

「おはつは、必ず助け出す」

彦十郎がおあきに目をやって、力強い声で言った。

「風間さま、お願いします」

おあきが言うと、中西も、

「わしからも、お願いする」

と言って、中西も彦十郎たちに頭を下げた。

それからいっときして、彦十郎が、

「われらは、これにて」

と言って、腰を上げようとした。これ以上、ふたりと話すことはなかったのである。

「お待ちくだされ。わしからも、お渡しするものがござる」

中西は懐から折り畳んだ奉書紙を取り出すと、彦十郎の膝先に置き、

「三両、包んである。おあきから聞いているが、五両では少な過ぎるかもしれんが、これだけしか用意できなかったのだ」

と言って、あらためて彦十郎に頭を下げた。すでにおあきから二両貰っているので、五両ということになる。

「中西どの、おあきどの、おはつは、何としても取り戻す」

彦十郎はふたりにそう言ってから、三両包んである奉書紙をつかんだ。

4

「旦那、下駄屋に寄ってみやすか」

猪七が、彦十郎に顔をむけて言った。

「おはつの家か」

「父親の勝次郎に、様子を聞いてみるんでさァ。おはつを攫ったやつのことで、何か耳にしているかもしれねえ」

「おはつを攫った者から、身の代金の要求があったかもしれんな」

彦十郎も、勝次郎に会って話を聞いてみたいと思った。それに、彦十郎たちが中西父娘《おやこ》の依頼もあって、おはつを助け出すために動いていることを知らせておく必要もある。

彦十郎と猪七は鶴亀横丁にもどると、勝次郎の店の方に足をむけた。店は下駄屋で、増富屋より三町ほど横丁の出入口に近い場所にある。

「旦那、店はしまってやす」

猪七が、通りの先を指差して言った。

いつも、下駄屋の店先には台が置かれ、赤や紫などの綺麗《きれい》な鼻緒の下駄が並んでいるのだが、その台はなく、戸口の腰高障子はしまっていた。攫われたひとり娘のおはつのことが心配で、店をひらく気になれないのだろう。

彦十郎と猪七は、下駄屋の前まで来て足をとめた。猪七が腰高障子に手をあてて引くと、すぐにあいた。店のなかは、薄暗かった。人影はなく、ひっそりとしていた。台の上に下駄が並んでいる。

店の奥の障子が、しめてあった。その先に、ひとのいる気配がする。

「だれか、いねえか」

猪七が声をかけた。

するとすぐに障子があき、小柄な男が顔をだした。勝次郎である。

「おれたちは、増富屋の者だ」

と、猪七が声をかけた。

「か、風間の旦那と、猪七さん……。入ってくだせえ」

勝次郎が声を震わせて言った。彦十郎と猪七のことを知っているらしい。もっとも、鶴亀横丁に店をひらいていて、知らない者はすくないはずだ。

「他に、だれかいるのか」

彦十郎が訊いた。

「女房のおとしと、あっしの弟の源助《げんすけ》でさァ」

勝次郎が言った。

「邪魔するぞ」

彦十郎と猪七は、店の奥の座敷に入った。

おとしの泣き腫らした目が、赤くなっていた。髷は乱れ、着物も着崩れている。その恰好《かっこう》を見ただけでも、ひとり娘のおはつを攫われた衝撃がいかに大きかったか知ることができる。

源助も厳しい顔をして座していたが、彦十郎と猪七を目にすると、「おはつを、探してくだせえ」と言って、彦十郎たちに頭を下げた。

彦十郎と猪七は、座敷の上《あ》がり框《がまち》に腰を下ろした。

「実は、手習所の中西どのとおあきさんのふたりから、攫われたおはつを助け出して欲しいと、頼まれてな。まず、おはつの親から話を訊くのが筋だと思って、こうして来てみたのだ」

彦十郎が言った。

勝次郎とおとしが、彦十郎に深々と頭を下げ、

「おはつを、助けてくだせえ」

と、勝次郎が涙声で言った。

「そのつもりで来ているが、まず、おはつを攫った者をつきとめねばならぬ」

彦十郎はそう言ってから、

「勝次郎、何か心当たりはあるか」

と、声をあらためて訊いた。

「心当たりはねえが、おはつが連れていかれるのを見た者がいやす」

勝次郎によると、半町ほど離れたところで楊枝《ようじ》屋の店番をしていたおたけという女

が、おはつを知っていて、男に連れられていくおはつを覚えていたという。

浅草寺界隈《かいわい》には、楊枝を売る床店《とこみせ》が多いことで知られていた。鶴亀横丁にも、楊枝を売る床店があったのだ。

「おはつを連れていったのは、男だな」

彦十郎は楊枝屋にも行って訊いてみるつもりだったが、まず勝次郎に訊いた。

「そう聞きやした」

「おはつを連れていったのは、男ひとりか」

「ひとりのようで……」

「その男に、心当たりはあるか」

「ありやせん」

すぐに、勝次郎が言った。脇に座しているおとしも、眉を寄せたまま首を横に振った。「そうか」

彦十郎は、そこで一息付き、脇に座している猪七に、「何かあったら、訊いてくれ」と小声で言った。

「人攫いから、何も言ってこねえのかい」

猪七が、勝次郎に目をやって訊いた。

「何も言ってこねえ」

勝次郎が、肩を落として言った。

「何か言ってきたら、真っ先に風間の旦那に話してくれ」

猪七が言うと、勝次郎がうなずいた。


彦十郎と猪七は下駄屋を出ると、楊枝屋に向かった。楊枝を売る床店にいたおたけは、年増だった。

「下駄屋の娘が、男に連れていかれるのを見たそうだな」

彦十郎がおたけに訊いた。

「はい、見ました」

おたけは、すぐに言った。勝次郎たちに話しているので、彦十郎たちにも話しやすかったのだろう。

「その男に、見覚えはあるか」

「ありません」

「年恰好は」

「三十がらみに見えましたよ。すこし猫背でした」

おたけによると、男は小袖を裾高に尻《しり》っ端折《ぱしょ》りし、両脛《すね》をあらわにしていたという。

「おはつは、嫌がっていなかったか」

「それが、おはつちゃん、ニコニコしながら男と歩いていましたよ。何か、玩具《おもちゃ》のような物を手にしていたので、男は女児の喜びそうな玩具を渡して騙《だま》したのかもしれませんよ」おたけが言った。

「おはつは、まだ幼いからな」

おはつを攫った男は、そうしたことに慣れているのかもしれない、と彦十郎は思った。

すると、脇で話を聞いていた猪七が、

「女衒かもしれやせんぜ」

と、彦十郎に身を寄せて言った。

5

彦十郎は増富屋の奥の座敷で朝飯を食べ終えると、刀を差して店の裏手に出た。背戸の近くにわずかばかりの空き地があり、そこで刀の素振りをしようと思ったのだ。

ここ三日ほど、彦十郎は猪七とふたりで攫われたおはつの行方を探ったが、何の手掛かりもつかめなかった。

今日は、聞き込みに行く当てもなかったので、刀を持って外に出たのである。

彦十郎は襷《たすき》で両袖を絞り、ゆっくりと素振りを始めた。青眼《せいがん》の構えから、大きく振りかぶり、鋭い気合とともに真っ向へ振り下ろす。腰の据わった構えで、太刀筋《たちすじ》に乱れがなかった。

彦十郎は、神道無念流《しんとうむねんりゅう》の遣い手だった。御家人の次男坊に生まれた彦十郎は、家を継ぐことができず、何とか剣術で身を立てようと思った。それで、九段下にあった斎《さい》藤弥九郎《とうやくろう》の練兵館《れんぺいかん》に、少年のころから通ったのである。

彦十郎は練兵館で剣術の稽古に励み、二十歳を過ぎたころには神道無念流の遣い手として名が知れるようになった。だが、彦十郎は練兵館をやめてしまった。門弟として稽古をつづけているうちに、剣術の稽古に励んで腕を上げても出仕の道などなく、そうかといって、剣術道場を建てる金はないし、支援者もいない。それで、練兵館に通うのが嫌になったのだ。

その後、彦十郎は家を出て長屋暮らしを始め、生きていくために、口入れ屋の増富屋に出入りするようになったのだ。
エイッ！ エイッ！ と気合を発しざま、彦十郎は真剣を振った。いっときする
と、額に汗が浮き、頰をつたって流れるようになった。
彦十郎は小半刻（三十分）ほど真剣で素振りをつづけたろうか。背戸があいて、お
春が顔を出した。
お春は彦十郎の素振りをいっとき見てから、
「風間さま、神崎《かんざき》さまが見えてますよ」
と、声をかけた。
彦十郎はすぐに素振りをやめ、
「来たか」
そう呟《つぶや》いて、手の甲で顔の汗を拭った。
神崎弥五郎《やごろう》も、増富屋に出入りしている牢人だった。鶴亀横丁の長屋に妻女とふた
りで住んでいる。神崎も懐が寂しくなると、増富屋に顔を出して仕事を斡旋してもら
い、口を糊《のり》しているのだ。神崎は剣の遣い手だった。金になれば、彦十郎のように危
ない仕事も引き受ける。
平兵衛は、彦十郎と猪七から攫われたおはつの行方が分からず、助け出すのは容易

でないと聞き、

「神崎さまの手も借りますか」

と、口にした。平兵衛の胸の内には、手習所の親子から彦十郎を通して渡された五両のことがあった。その金は、神崎にも渡すことができるとみたのだ。

彦十郎はすぐに承知した。猪七とふたりだけでは、おはつを攫った男を見つけ出して助け出すのは難しい。それというのも、おはつを攫った男は女衒らしく、背後に仲間がいるとみていたのだ。

彦十郎は手拭いで顔の汗を拭くと、背戸から入り増富屋の奥の座敷に向かった。

座敷には、平兵衛と神崎だけでなく猪七の姿もあった。猪七も増富屋に顔を出し、平兵衛から神崎が来ていると聞いたらしい。

神崎は彦十郎と顔を合わせると、表情を変えずに、

「また、いっしょに仕事ができるな」

と、ぼそりと言った。

神崎は、二十代半ばだった。痩身で面長。切れ長の目をしていた。剣の遣い手で、肩幅がひろく腰が据わっていた。

神崎は頼りになる男だった。これまで、彦十郎は何度も神崎とふたりで難事件に当

たってきたのだ。

彦十郎が座敷に腰を下ろすと、

「神崎さまに、おはつが攫われ、風間さまと猪七さんが、事件にあたっていることをお話ししたのです」

平兵衛が言った。

「おれも仕事を受けるつもりだが、御助料《おたすけりよう》は」

神崎が平兵衛に訊いた。まだ、御助料のことは、神崎に話してなかったようだ。平兵衛や彦十郎たちは、此度の件のような人助けの報酬を御助料と呼んでいた。

「実は風間さまから、五両預かっております」

平兵衛は、増富屋でおあきから渡された二両と、彦十郎が手習所で貰った三両を持っていたのだ。

平兵衛は紙に包んだ五両を懐から取り出して膝先に置いた後、

「実は、五両の他に二両頂いたのです」

と言って、新たに二両を加え、「七両ございます」と言い添えた。

「その二両は」

彦十郎が訊いた。

「攫われたおはつの父親の勝次郎さんから、頂いたものです。勝次郎さんが、昨日、ここに見えましてね。おはつを連れ戻してもらいたいと言って、二両置いていったのです。てまえは、承知しました。勝次郎さんにとって、二両は大金です。娘を何としても連れ戻したいという強い思いから、二両の大金を用意したようです」

平兵衛が静かだが、強い響きのある声で言った。

「勝次郎夫婦にとって、おはつは大事なひとり娘だからな」

彦十郎が言った。

四人の男は、七両に目をやったまま口をつぐんでいたが、

「この金を、お分けします」

と言って、平兵衛はあらためて小判を手にした。

「風間さまと神崎さま、それに猪七さんの三人に二両ずつ。残る一両を、てまえが頂くことにしたらどうでしょう」

平兵衛が、座敷にいる彦十郎たち三人に目をやって訊いた。

「それでいい」

彦十郎が言うと、神崎と猪七もうなずいた。

「では、お分けします」

平兵衛は、彦十郎、神崎、猪七の三人の膝先に二両ずつ置き、残った一両を自分で手にした。

6

「さて、どうする」

彦十郎が、神崎と猪七に目をやって訊いた。平兵衛は帳場にもどっていた。本業の口入れ屋の仕事をするためである。

「闇雲《やみくも》に歩きまわって、おはつのことを訊くわけにはいかんな。下手に動きまわると、おはつが始末される恐れがある」

彦十郎が言った。

「まず、女衒のことを知っていそうな者に、訊いてみることだな」

そう言って、神崎が彦十郎と猪七に目をやった。

女衒は、攫った娘を吉原《よしわら》の遊女屋などに連れていって売ることが多い。子供のうちは、禿《かむろ》と呼ばれて遊女のそばにつけられ、娘になったら客を取るのである。

「猪七、知らないか」

彦十郎が訊いた。猪七は若いころ岡っ引きだったので、女衒のことも知っているのではないか、とみたのだ。

「知り合いの女衒はいねえが、吉原か浅草寺界隈にある女郎屋の妓夫《ぎゆう》にでも訊けば、知れやすぜ」

猪七が言った。

妓夫は、女郎屋や体を売る芸者などの呼べる料理茶屋などの店先で、客引きをしている男である。

吉原以外にも女郎屋はあるし、料理屋や料理茶屋などでも体を売る芸者を呼ぶことができたのだ。

「ともかく、妓夫に訊いてみるか」

彦十郎が言った。

彦十郎、神崎、猪七の三人は増富屋を出ると、浅草寺の門前の広小路《ひろこうじ》に向かった。

広小路は賑《にぎ》わっていた。様々な身分の老若男女が行き交っている。浅草寺の参詣客だけでなく、遊山客も多かった。浅草寺界隈には多くの飲み食いできる店があり、芸者や遊女を呼べる店もあった。

彦十郎たち三人は、雷門の前まで行くと、左手の通りに足をむけた。そこは、門前通りで、賑やかな茶屋町、並木町とつづいている。通り沿いには料理屋や料理茶屋が目につき、芸妓《げいぎ》をかかえている置屋などもあった。置屋は、料理茶屋や揚屋《あげや》からの話を受けて芸妓を店にさしむけるのである。

彦十郎たちは、通り沿いにつづく店に目をやりながら歩いた。

「あの店に、妓夫がいるぞ」

彦十郎が指差した。

料理茶屋らしかったが、大きな店ではなかった。それに入口に、妓夫らしい男の姿があった。どうやら、この店にくる客の目的は酒肴《しゅこう》ではなく、芸妓を呼んで楽しむことにあるようだ。

妓夫は、店の入口の脇に置いてある妓夫台に腰を下ろしていた。下駄履《げたば》きで、小袖を裾高に尻っ端折りし、両脛をあらわにしていた。通りかかる男たちに、目をやっている。

「あの男に、訊いてみるか」

彦十郎が言った。

「あっしに、任せてくだせえ」

そう言って、猪七は彦十郎たちから離れ、料理茶屋らしい店の入口にいる男に近付いた。彦十郎と神崎は通りの邪魔にならないように、近くにあったそば屋の脇に身を寄せて猪七に目をやっていた。

猪七は妓夫のいる店に身を寄せ、覗《のぞ》き込《こ》むように入口からなかを見た。すると、妓夫が揉《も》み手《で》をしながら近寄り、

「旦那、いい女がいやすぜ」

と、猪七に声をかけた。客と思ったらしい。

「おまえに訊けば、分かるかな」

そう言って、猪七は店先から離れた。

妓夫は薄笑いを浮かべて猪七のそばに来ると、

「旦那の好みは、どんな女です」

そう、猪七に訊いた。

「おれが訊きてえのは、女のことじゃァねえ。男よ」

猪七が訊いた。

「旦那の好みは、陰間《かげま》ですかい」

妓夫が驚いたような顔をし、「うちの店には、陰間はいねえ」と言い添えた。陰間は男娼《だんしょう》のことである。

「おれは、遊びにきたわけじゃァねえ、訊きてえことがあるんだ」

猪七はそう言うと、懐から巾着《きんちゃく》を取り出し、一朱銀を一枚摘《つま》みだした。ただでは、話さないと思ったのだ。

「ヘッヘヘ……。すまねえ」

妓夫は一朱銀を握りしめて薄笑いを浮かべ、

「何を訊きてえんです」

と、猪七に身を寄せて訊いた。

「女衒のことだ」

「女衒ですかい」

妓夫の顔から薄笑いが消えた。猪七のことを、浅草に遊びに来たのではないとみたらしい。

「そうだ。この辺りで幅をきかせている女衒を知らねえかい」

猪七が声をひそめて訊いた。

「知らねえことはねえが、どんな男です」

妓夫も声をひそめた。

「三十がらみでな、すこし猫背だ」

猪七は、楊枝屋のおたけから聞いたことを口にした。

妓夫は黙ったまま虚空に目をやっていたが、

「やつかもしれねえ」

と、つぶやくような声で言った。

「知ってるか！」

猪七の声が大きくなった。

「そいつは、辰造《たつぞう》かもしれねえ」

「辰造の塒《ねぐら》を知ってるか」

猪七は、辰造の居所が知れれば、すぐにも捕らえておはつの居所を吐かせようと思った。

「塒は知らねえ」

妓夫が素っ気なく言った。

「どこに行けば、そいつに会える」

「吉松屋《よしまつや》ってえ女郎屋に出入りしていると聞いたが、はっきりしたことは分からねえ」

「吉松屋はどこにある」

猪七は吉松屋を知らなかった。

「並木町でさァ」

「この通り沿いにあるのか」

すぐに、猪七は訊いた。並木町は、茶屋町の先の門前通り沿いにひろがっている。

「表通りから、ちょいと入《へえ》った先にありやすが、並木町に行って聞けば、すぐに分かりやすぜ」

と、妓夫は言い、その場から離れたいような素振りを見せた。見知らぬ男と話し過ぎた、と思ったのかもしれない。

「手間をとらせたな」

猪七は妓夫に声をかけ、その場を離れた。

7

猪七が彦十郎たちのそばにもどると、

「何か知れたか」

すぐに、彦十郎が訊いた。

「知れやした」

猪七は、「ここだと、通りの邪魔になりやす。歩きながら話しやしょう」と言って、通りを並木町の方へ向かって歩きだした。妓夫が話していた吉松屋に行ってみようと思ったのだ。

「おはつを攫ったのは、辰造ってえ女衒のようでさァ」

猪七が言った。

「辰造か！　そやつどこにいる」

彦十郎が身を乗り出して訊いた。

「辰造は吉松屋ってえ女郎屋に、出入りしているようですがね。いまいるかどうか分からねえ」

「吉松屋は、どこにある」

「この先の並木町のようでさァ」

猪七が言うと、黙って彦十郎と猪七のやりとりを聞いていた神崎が、「とにかく行ってみよう」と口を挟んだ。

彦十郎たち三人は、足早に歩いて並木町に入った。

「並木町のどの辺りだ」

彦十郎が訊いた。

「分からねえ。ちょいと訊いてきやす」

猪七はそう言い置いて、通り沿いにあった小間物屋《こまものや》に小走りに向かった。

猪七は小間物屋の店先にいた年配の男と話していたが、すぐにもどってきた。そして、彦十郎と神崎に身を寄せ、

「吉松屋は、この先にある大黒屋《だいこくや》ってえそば屋の脇の道に入ると、すぐだそうで」

と、歩きながら言った。

彦十郎たちは通りの左右に目をやり、そば屋を探しながら歩いた。

二町ほど歩いたろうか、神崎が右手で指差し、

「そこに、そば屋がある」

と、言った。見ると、店先の掛行燈《かけあんどん》に「そば切《きり》　大黒屋」と書いてあった。大黒屋の脇に、道があった。そこも行き交うひとの姿は多く、道沿いに料理屋や料理茶屋などもありそうだった。

「入ってみよう」

彦十郎が言い、三人は大黒屋の脇の道に入った。

いっとき歩くと、道沿いに女郎屋らしい店があった。その店先でも妓夫が、妓夫台

に腰を下ろし、通行人に目をやっている。

彦十郎たち三人は、路傍に足をとめた。

「また、あっしが訊いてきやしょうか」

猪七が言った。

「待て、辰造がおはつを攫った男で、吉松屋に出入りしているなら、あの妓夫も辰造の仲間かもしれんぞ」

彦十郎が猪七に目をやって言った。

「そうかもしれねえ」

「迂闊《うかつ》に吉松屋を探ると、辰造が姿を隠すだけでなく。攫われたおはつも、おれたちの手の届かない遠方の店に売られる恐れがある」

「まずいな」

神崎が言った。

「吉松屋にあたる前に、近所で聞き込んでみよう」

彦十郎が言うと、猪七と神崎がうなずいた。

三人は、半刻《はんとき》（一時間）ほどしたら、この場にもどることにして別れた。別々に聞き込むのである。

ひとりになった彦十郎は、通行人を装って吉松屋の前を通り過ぎ、一町ほど離れたところにあった笠屋《かさや》を目にとめた。

店先に、菅笠《すげがさ》、網代笠《あじろ》、編笠《あみがさ》などが並べられていた。若い男が、菅笠を手にして店の親爺《おやじ》らしい男と話している。

彦十郎が笠屋の親爺から話を訊こうと思ったとき、都合よく若い男は菅笠を手にして店先から離れた。

彦十郎は店に入ろうとしていた親爺に、

「しばし待て」

と、声をかけた。

親爺は振り返り、彦十郎を目にすると、踵《きびす》を返《かえ》した。

「笠ですか」

親爺が、笑みを浮かべて言った。客と思ったらしい。

「いや、ちと訊きたいことがあるのだ」

「何でしょうか」

親爺から笑みが消えたが、嫌な顔はしなかった。相手が武士だったからだろう。

「そこの吉松屋に、出入りしている辰造という男を知っているか」

彦十郎が辰造の名を出して訊いた。

「辰造ですか」

親爺が首をひねった。

「女衒なのだ」

「あの辰造ですか」

親爺の顔に、嫌悪の色が浮いた。辰造のことをよく思っていないらしい。もっとも、女衒に好感を持つ者はすくないだろう。

「辰造は、ふだん吉松屋にいるのか」

彦十郎が訊いた。

「時々顔を出すだけで、あまり店にはいないようですよ」

「女児を、吉松屋に連れてくることもあるのか」

「さァ……。てまえは、くわしいことを知りませんので」

親爺は、店にもどりたいような素振りを見せた。客ではない男といつまでも話しているわけにはいかないと思ったのだろう。

「吉松屋のあるじの名を知っているか」

なおも、彦十郎が訊いた。

「稲五郎《とうごろう》さんです」

「稲五郎か」

彦十郎は初めて聞く名だった。

「手間をとらせたな」

彦十郎は、親爺に礼を言ってその場を離れた。

それから、彦十郎は別の店に立ち寄って辰造や稲五郎のことを聞いたが、新たなことは分からなかった。

8

彦十郎が吉松屋の近くにもどると、神崎と猪七の姿があった。ふたりは先に帰り、彦十郎を待っていたらしい。

「待たせたか」

彦十郎が言った。

「いや、おれたちももどったばかりだ」

「旦那、何か知れましたかい」

猪七が、彦十郎に訊いた。

「たいしたことは、分からなかった」

彦十郎はそう前置きし、笠屋の親爺から聞いたことをかいつまんで話した。

「あっしも、辰造が吉松屋に出入りしていることを聞きやしたぜ」

猪七はそう言った後、

「吉松屋のあるじの稲五郎のまわりには、子分らしい男が何人もいるようでさァ」

と、彦十郎と神崎に目をやって言った。

「神崎、何か知れたか」

彦十郎が訊いた。

「いま、ふたりが話していたことと変わりないが、稲五郎のそばには、腕のたつ用心棒がいるそうだ」

神崎が言った。

「用心棒は武士か」

「牢人らしい。腕がたち、平気でひとを斬り殺すそうだ」

「稲五郎は、やくざの親分のような男だな」

彦十郎は、厄介な相手だと思った。

それから、彦十郎はさらに路地を歩いて、吉松屋や辰造のことを訊いたが新たなことは分からなかった。

「今日のところは、増富屋に帰るか」

彦十郎が言った。

彦十郎たちは吉松屋から離れ、表通りに向かった。


彦十郎たち三人が、吉松屋に背をむけて歩きだしたときだった。吉松屋の店の脇からふたりの男が姿を見せた。ひとりは、辰造だった。すこし猫背である。もうひとりは、辰造の弟分の竹次郎《たけじろう》という男だった。

「あいつら、おれのことを探りにきたようだ」

辰造が言った。

「兄い、どうしやす」

竹次郎が訊いた。

「二本差しがふたりもいやがる。……遊び人でもねえようだし、町方でもねえ」

「やつらの跡を尾《つ》けて行き先をつきとめやすか」

「ふたりで尾けよう」

そう言って、辰造が先にたち、彦十郎たちの跡を尾け始めた。その辰造からすこし間をとって、竹次郎が尾けていく。ふたりは、前を行く三人が振り返っても気付かないように、時々前後で入れ替わった。巧みである。辰造は尾行の経験もあるようだ。

彦十郎たちは、尾けてくるふたりに気付かなかった。鶴亀横丁にもどると、三人とも増富屋に入った。

増富屋に、手習所のおあきが来ていた。おあきは、彦十郎たちが店に入ってくると、すぐに近寄り、

「おはつちゃんのことで、何か知れましたか」

と、心配そうな顔をして訊いた。

おあきは、おはつのことが心配で、増富屋に様子を訊きに来たようだ。

「おはつを攫った男の目星はついたのだが、おはつがどこに監禁されているか、まだ分からないのだ」

彦十郎が言った。

「そうですか」

おあきは肩を落とし、心配そうな顔をした。

「おはつの居所は、必ずつかむ」

彦十郎が言うと、脇に立っていた神崎と猪七もうなずいた。

おあきは、彦十郎に顔をむけ、

「風間さま、お願いがあります」

と、声をあらためて言った。

「何かな」

「わたしにも、手伝わせてください。風間さまたちといっしょに、おはつちゃんを探したいのです」

「そ、それは……」

彦十郎は、それは困る、と言いかけたのだが、言葉を切り、

「おあきどのには、手習所で子供たちに教えるという大事な仕事があるはずだ。おはつを助け出すのは、おれたちに任せてくれ」

と、言った。彦十郎にしては、めずらしく声に強い響きがあった。

「…………」

おあきは、訴えるような目をして彦十郎を見つめたが、何も言わなかった。

すると、黙って彦十郎とおあきのやりとりを訊いていた平兵衛が、

「おあきさんに、頼みがあるのですが」

と、小声で言った。

その声で、彦十郎たち三人も平兵衛に顔をむけた。

「おはつを攫ったのは、女衒のようです。てまえが心配しているのは、手習所に通っている他の子供たちのことです。これから先、他の子供たちが攫われないとはかぎりません」

平兵衛はそう言った後、いっとき間を置いてから、

「おはつのように他の娘さんが攫われないように、しばらくの間、子供たちをいっしょに帰し、鶴亀横丁まで送って欲しいのです。その帰りに、ここに寄ってもらえば、おはつのことで知れたことはお話ししますし、おあきさんに頼むことがあれば、お願いするかもしれません」

と、言い添えた。

おあきは黙って聞いていたが、平兵衛の話が終わると、

「父上といっしょに、子供たちを家の近くまで送ります」

そう言って、彦十郎に目をやった。

「おあきどの、おはつは必ず、助け出す」

彦十郎が、いつになく真剣な顔をして言った。

第二章　探索

1

彦十郎は遅い朝餉を食べ、帳場の奥の座敷でおしげが淹れてくれた茶を飲んでいた。今日も、彦十郎は神崎と猪七の三人で、浅草並木町に行くつもりだった。吉松屋を見張り、女衒の辰造が姿を見せたら、捕らえてもいいと思っていた。辰造が口を割れば、おはつの居所も知れるだろう。

そのとき、増富屋の表の戸口で、忙しそうな下駄の音がした。そして、店の者を呼ぶ甲高《かんだか》い女の声がひびいた。

つづいて、平兵衛の「おくらさん、どうしました」という昂った声が聞こえた。

……何かあったようだ！

と、彦十郎は思い、湯飲みを置いて立ち上がった。

彦十郎が戸口まで出ると、鶴亀横丁で古着屋をひらいている峰造《みねぞう》の女房のおくらが、立っていた。顔がひき攣《つ》り、体が顫《ふる》えている。

「む、娘が！　娘のおうめが」

おくらが、声を震わせて言った。

「娘さんが、どうしたんです」

平兵衛が訊いた。

「か、帰らないんです。昨夜から」

おくらは、戸口で足踏みしている。

「帰らないだと」

平兵衛の顔が、強張《こわば》った。

ふたりの脇に立っていた彦十郎は、

……おうめは、攫われたのではないか！

と、胸の内で叫んだ。

「おうめは、手習所の帰りにいなくなったのか」

平兵衛が訊いた。

「む、娘は手習所に通っていません。昨日、近所の漬物屋に漬物を買いに行ったまま帰らないんです」

「漬物屋に行って、訊いてみたのか」

平兵衛が訊いた。

「は、はい。漬物屋の旦那の話だと、おうめは漬物を買って店を出たそうです」

「おうめは漬物屋を出た後、いなくなったのだな」

平兵衛が念を押すように訊いた。

「そ、そうです」

「亭主の峰造は、どうしている」

「いま、近所のひとたちと、横丁をまわって娘を探してます。……わたし、平兵衛さんの手をお借りしようと思って、来たんです」

そう言って、おくらは平兵衛と彦十郎に縋るような目をむけた。

「てまえたちも、手分けして探してみますよ。おくらさんは、ひとまず家にもどってくれ」平兵衛が言った。

「は、はい」

おくらは、あらためて平兵衛と彦十郎に頭を下げ、小走りに自分の家である古着屋に向かった。

「おれは、漬物屋に行ってみる。平兵衛はここにいて、神崎と猪七が来たら話してくれ」

そう言い残し、彦十郎は鶴亀横丁にある漬物屋に向かった。

漬物屋の前に、人だかりができていた。男だけでなく、女や子供の姿もあった。近所の住人たちが、おうめがいなくなったという話を聞いて駆け付けたようだ。

彦十郎は人だかりの後ろに立って、飛び交う声に耳をかたむけた。そうした声から、胡乱な男がふたり、漬物を買って帰るおうめの跡を尾けていたことが知れた。

……ひとりは、辰造かもしれぬ。

と、彦十郎は胸の内で思った。

そのとき、彦十郎は背後から近付いてくる足音を耳にした。振り返ると、猪七と神崎が足早に近付いてくる。

「ここにいたか」

神崎が言った。

神崎と猪七は増富屋に行き、平兵衛から話を聞いて、漬物屋に来たのだろう。

「攫われたおうめは、漬物屋を出た後、ふたりの男に攫われたようだ」

彦十郎が小声で言った。

「ひとりは、辰造ではないか」

「おれも、そうみた」

「辰造の野郎、また、横丁の娘に手を出したのか」

猪七が目をつり上げて言った。

「ともかく、この近くで聞き込んでみるか。攫ったふたりのことを知っている者がいるかもしれん」

彦十郎がそう言い、三人は手分けして近所で聞き込むことにした。

彦十郎たちは、一刻（二時間）近くも横丁を歩いて聞き込みに当たったが、たいしたことは知れなかった。

おうめを攫ったふたりの男を目にした者がいて、ふたりがおうめを連れて横丁の出入口の方へ向かったことは知れたが、その後のことは分からなかった。

彦十郎たちは、増富屋にもどった。すでに昼近くになっていたので、この後並木町に行くかどうか迷った。

「どうです、並木町に行くのは、明日にしたら」

平兵衛が言った。

「そうだな、おうめが攫われた件で、この後、何か動きがあるかもしれないな」

彦十郎は、女衒が娘を売る目的だけで、おうめを攫ったのではないような気がした。おはつを攫った後、それほど間を置かずに同じ横丁で攫ったことからみて、何か別の目的があるような気がしたのだ。

「おうめを攫ったのが辰造たちなら、何か言ってくるかもしれない」

神崎がつぶやくような声で言った。

「ともかく、昼飯にしましょう。すぐに、おしげに仕度をさせますよ」

平兵衛はそう言い残し、台所へ向かった。

2

彦十郎、神崎、猪七の三人は、帳場の奥の座敷でおしげが仕度してくれた昼飯を食べていた。

そのとき、帳場にもどっていた平兵衛の昂った声が聞こえた。別の男の怒鳴り声もした。だれか、来たらしい。

「帳場にいくぞ」

すぐに、彦十郎は傍らに置いてあった大刀《だいとう》を手にして立ち上がった。神崎と猪七が、つづいた。

帳場の前で、三人の男が平兵衛を取り囲むように立っていた。遊び人ふうの男がふたり、牢人体《てい》の武士がひとり。三人とも、鶴亀横丁では見掛けない男である。

「何者だ!」

彦十郎が、三人を見据えて訊いた。

「おめえさんが、風間の旦那かい」

浅黒い顔をした三十がらみの男が言った。すこし、猫背だった。男の口許《くちもと》に薄笑いが浮いている。

……こやつが、辰造だ!

彦十郎は胸の内で声を上げた。楊枝屋のおたけから、おはつを連れていったのは三十がらみの男で、すこし猫背だった、と聞いていたのだ。

「おまえが、辰造か」

彦十郎が男を見据えて言った。

「よく分かったな」

辰造は驚いたような顔をしたが、狼狽《ろうばい》の色はなかった。いずれ、名は知れると思っていたのかもしれない。

　牢人は、二十代半ばであろうか。面長で細い目をしていた。口許に薄笑いを浮かべている。小袖を着流し、大刀を一本落とし差しにしていた。

　……なかなかの遣い手だ。

　と、彦十郎はみてとった。牢人の身辺に隙がなかった。それに、何度かひとを斬ったことがあるらしく、身辺に殺気がただよっている。

　もうひとりは、遊び人ふうだった。まだ、二十歳前後らしかった。昂奮《こうふん》しているらしく、目がつり上がり、握りしめた拳がかすかに震えている。

「何の用だ」

　彦十郎が、辰造を見据えて訊いた。

「おめえたちに、言っておきたいことがあって、こうして足を運んできたのよ」

　辰造が顎を突き出すようにして言った。

「何が言いたいのだ」

「おれたちから、手を引いてもらいてえ。横丁の娘が攫われたことに、目をつぶってもらうのよ」

　辰造が、上目遣いに彦十郎を見て言った。

「断ったら」

「おはつとおうめの命はねえ」

「やはり、おまえが横丁の娘たちを攫ったのか」

「それが、おれの商売だからな」

また、辰造の口許に薄笑いが浮いた。

「ここで、おまえたちを始末すれば、だれが殺《や》ったか、分からないぞ」

そう言って、彦十郎が刀の柄に手を添えると、

「すぐ、分かりまさァ。それに、おれたちが、夜になってももどらなかったら、ふたりの娘を殺す手筈《てはず》になってるんで」

辰造の口許から薄笑いが消えた。

そのとき、彦十郎の脇にいた猪七が、

「でたらめを言うな。てめえは、おれがお縄にしてやるぜ」

そう言って、懐から十手を取り出した。岡っ引きだったころの古い十手を懐に忍ばせていたのだ。

「十手は、ひっこめな。おめえがここにいる旦那たちと、おれたちのことを嗅ぎまわっていたことも知ってるぜ」

辰造が言った。

「畜生！」

猪七は動けなかった。手にした十手が、震えている。

「どうやら、おまえたちは、おれたちのことを探っていたようだな」

彦十郎が言った。

「この横丁のことは、前から話に聞いていたのよ」

「うむ……」

彦十郎は何も言えなかった。

辰造が黙ると、脇に立っていた牢人が、

「いずれ、おぬしと、勝負することになりそうだ。そのときまで、命を預けておく」

と、彦十郎を見据えて言った。そして、踵を返すと、戸口に足をむけた。

「いいな、娘の命が惜しかったら、手を引くんだぜ」

辰造はそう言い置き、遊び人ふうの男と牢人を連れて戸口に向かった。

辰造たち三人が店から出ていくと、

「ちくしょう！　これじゃァ、動きがとれねえ」

猪七が顔をしかめて言った。

彦十郎も、渋い顔をしたままつっ立っていた。おはつとおうめを人質にとられているので、迂闊に手が出せない。

するど、平兵衛がその場にいる彦十郎たち三人に目をやり、

「やつらの言うように、おとなしくしていても、攫われたおはつとおうめは、帰って

きませんよ。それどころか、味をしめて、さらに横丁の娘を攫うかもしれません」

と、語気を強くして言った。いつになく、平兵衛の顔は厳しく、目にも鋭いひかり

があった。

「平兵衛の言うとおりだが、おれたちは動けん」

これまでどおり、辰造や稲五郎の身辺を探れば、おはつとおうめは殺されるかもし

れない、と彦十郎は思った。

「辰造たちに、気付かれないように探るしかありませんね」

平兵衛が言った。

「いい手があるか」

彦十郎が訊くと、神崎と猪七も平兵衛に顔をむけた。

「これまでのように、辰造や稲五郎には直接当たらず、別の方法で探るのです」

「別の方法というと」

「そうですねえ。まず、浅草の女衒や女郎屋のことにくわしい者に、話を訊いてみることでしょうな。辰造や稲五郎に直接あたらなくても、一味のことが見えてくるかもしれませんよ」

平兵衛が言うと、

「あっしに、心当たりがありやす」

猪七が声高に言った。

3

翌朝、増富屋に、お京《きょう》が姿を見せた。お京は、鶴亀横丁で紅屋《べにや》をひらいていた。紅は口紅のことで、紅花を練り固めたものである。その紅を、貝殻や焼き物の小皿などに塗って売っていたのだ。

お京は女だが、彦十郎たちといっしょに横丁の住人が巻き込まれた事件にあたってきた。それで、平兵衛が紅屋に足を運び、お京に手を貸してくれと頼んだのだ。

紅屋はちいさな店で、お京ひとりで商売をやっていた。彦十郎たちと事件にあたるときは、店をしめたのだ。

お京は、色白の年増《としま》だった。美人である。亭主はなく、母親とふたりで鶴亀横丁に住んでいる。お京は、若いころ掏摸《すり》だったという者もいたが、確かなことは平兵衛ですら知らなかった。

お京は、増富屋で彦十郎、神崎、猪七の三人と顔を合わせると、

「嬉《うれ》しいねえ。また、旦那たちといっしょに仕事ができそうだよ」

そう言って、笑みを浮かべた。なかなか色っぽい。

「お京さん、それに風間さまたちも、奥の座敷に来てください」

そう言って、平兵衛が彦十郎たち四人を奥の座敷に連れていった。

平兵衛は、彦十郎たちが腰を下ろすのを待って、

「お京さんも、噂《うわさ》は耳にしていると思うが、攫われたふたりの娘の件です」

と、小声で言った。

「聞いてますよ。それで、あたしは何をすればいいんです」

お京が訊いた。

「攫われたふたり娘のことを探って欲しい」

平兵衛が言った。

「それで、攫った男の目星はついてるのかい」

「目星はついている。女衒の辰造という男だ。女衒の辰《たつ》と呼ぶ者もいるらしい」

彦十郎が言った。

「さすが、風間の旦那たちだ。やることが早いねえ」

お京が感心したように言った。

「辰造は、並木町にある女郎屋の吉松屋に出入りしていてな。そこに、攫われたおはつとおうめは、監禁されているとみているのだ」

「それだけ分かっているなら、みんなで吉松屋に乗り込んで、ふたりを助け出したらどうなんです」

お京が、座敷にいる男たちに目をやって言った。

「それが、吉松屋に乗り込むどころか、店の近くで聞き込みにあたることもできないんですよ」

平兵衛はそう言った後、攫った一味の者たちがここに来て、手を引かなければ、ふたりの娘を殺す、と言い置いて、帰ったことを話した。

「そいつら、ほんとに娘たちを殺すのかい」

お京が訊いた。

「殺して、ふたりの娘の死体を始末してしまうかもしれません。あの男たちならやりかねない」

平兵衛の顔は、いつになく厳しかった。

「それじゃァ、手が出せないね」

お京が、眉を寄せた。

「かといって、手をこまねいて見ていることはできない」

平兵衛が、語気を強くした。

「それで、あたしは何をすればいいの」

お京が訊いた。

「お京さんに、吉松屋の様子を探って欲しいのだ」

「あたし、ひとりかい」

「風間さまや神崎さまは、顔を知られていてね。吉松屋に近付けないんですよ」

平兵衛が言った。

「ひとりだと、心細いねえ」

「探るといっても、吉松屋のある並木町で、それとなく訊いてみるだけでいいんです。吉松屋に近付いて嗅ぎまわると、一味の者たちに気付かれます」

「やってみるよ」

お京が言った。

平兵衛とお京のやりとりが済むと、

「お京、無理をするなよ。おれたちは、吉松屋に近付かずに稲五郎や辰造を探るつもりだ。様子が知れれば、お京といっしょに探ることになるだろう」

彦十郎が言った。

「そうなるといいですね」

お京が、彦十郎と神崎に目をむけて笑みを浮かべた。

「お京、並木町までいっしょに行くか」

彦十郎が、お京に訊いた。

「旦那たちは、どこへ行くの」

「駒形町《こまがた》まで、行ってみるつもりだ」

「風間の旦那と猪七さんも、駒形町に探りに行くのかい」

お京が訊くと、それまで黙っていた猪七が、

「駒形町に、女衒だった男がいてな。そいつに、辰造や吉松屋のあるじの稲五郎のことを訊いてみるのよ」

と、お京に言った。

「それなら、並木町までいっしょだね」

お京の顔が、いくぶんやわらいだ。

「出かけるか」

彦十郎が声をかけた。

彦十郎、神崎、猪七、お京の四人は、平兵衛に見送られて増富屋を出た。そして、賑やかな浅草寺の門前の広小路を経て、門前通りを南に向かった。そこは、茶屋町である。

「お京、吉松屋のある通りには、入らない方がいいぞ。どこに、辰造や稲五郎の子分の目があるか分からないからな」

彦十郎が歩きながら言った。

「そうしますよ」

「おれたちも、駒形町で話を訊いて様子が知れたら、お京といっしょに辰造や稲五郎の身辺を探ることになるはずだ」

彦十郎は、探るだけでなく、辰造か稲五郎の子分を捕らえて話を訊くことになるとみていた。

4

彦十郎、神崎、猪七の三人は、お京と別れた後、そのまま門前通りを南に向かい、駒形堂の前を通り過ぎた。

その辺りは駒形町で、通りは賑わっていた。そこは日光街道でもあり、浅草寺の参詣客や遊山客だけでなく、旅人や駄馬をひく馬子《まご》などの姿も目についた。

「猪七、この辺りではないか」

彦十郎が訊いた。

「この先に、笠屋がありやしてね。その脇の道へ入《へえ》ると、すぐでさァ」

猪七は、源助《げんすけ》という男のところへ、彦十郎と神崎を連れていくことになっていた。

源助は女衒だった男で、歳をとって歩きまわるのが億劫《おっくう》になって足を洗い、古女房といっしょに飲み屋をやっているそうだ。

「そこにある笠屋ですぜ」

猪七が街道沿いにある笠屋を指差して言った。

店の前に、菅笠、網代笠、編笠などが吊《つる》してあった。合羽処《かっぱどころ》と書いた張り紙がしてある。笠だけでなく合羽も売っているらしい。旅人相手の店のようだ。

その笠屋の脇に、路地があった。路地沿いには、仕舞屋の他にそば屋や一膳めし屋などの飲み食いできる店もあった。

彦十郎たちは、路地に入った。いっとき歩くと、猪七が足をとめ、

「その店でさァ」

と言って、路地沿いにあった小体《こてい》な店を指差した。

縄暖簾《なわのれん》を出した飲み屋である。まだ、客はいないらしく、ひっそりとしていた。

猪七が先にたち、縄暖簾を分けて店に入った。客の姿はなかった。土間に飯台がふたつ置いてあり、その飯台のまわりに腰掛け替わりの空き樽《だる》が並べられていた。

店の奥の板戸の向こうで、水を使う音がした。店の者が、板場で洗い物でもしているようだ。

「だれか、いねえかい」

猪七が声をかけた。すると、水を使う音がやみ、奥の板戸があいて、老齢の男が姿を見せた。男は濡《ぬ》れた手を前垂れで拭きながら、

「いらっしゃい」

と、彦十郎たちに声をかけた。鬢《びん》や髷に白髪が混じり、顔は皺《しわ》だらけだった。

男は、驚いたような顔をしていた。武士がふたりも、店に入ってきたからだろう。

「宗吉《そうきち》、おれだよ。猪七だ」

猪七が声をかけた。

「なんでえ、猪七か」

宗吉が猪七を見て言った。

「おめえに訊きてえことがあってきたんだが、話を訊く前に、酒を出してくんな」

猪七が言った。

「まだ、肴《さかな》は漬物と冷《ひ》や奴《やっこ》ぐれえしかねえぜ」

「それでいい」

「すぐ、仕度しやす」

そう言い残し、宗吉は板場にもどった。

彦十郎たちが空き樽に腰を下ろして待つと、いっときして宗吉とでっぷり太った四十がらみと思われる女が板場から出てきた。女は、宗吉の女房らしい。

ふたりは、銚子《ちょうし》と猪口《ちょこ》、それに盆に載せた皿と小鉢を持ってきた。小鉢には、冷や奴が入っている。

ふたりは酒と肴を彦十郎たちのいる飯台に並べると、女は首をすくめるように頭を下げてから板場にもどった。

彦十郎たちが酒で喉を潤すのを待って、

「それで、何が聞きてえんだい」

と、宗吉が猪七に目をやって訊いた。

「女衒のことよ」

猪七が声をひそめて言った。

「……！」

宗吉は何も言わなかった。困惑したような顔をして、彦十郎と神崎に目をやった。正体の知れない武士の前で、迂闊に女衒の話などできないと思ったらしい。

「ふたりの旦那は、おれと同じ鶴亀横丁に住んでいてな、町方とは何のかかわりもねえから安心しな」

「そうですかい」

宗吉の顔が、いくぶんやわらいだ。

「鶴亀横丁の娘がふたり、女衒に攫われたのよ。それで、娘の親に頼まれてな。何とか連れ戻してやろうと思って、ここに来たんだ」

猪七が言った。

「だれに攫われたか、分かってるのかい」

「分かってる」

「だれだい」

「辰造だ」

猪七は、辰造の名を出した。

「女衒の辰か。あの野郎、やくざの子分なんだ」

「親分は、稲五郎だな」

「そうよ。稲五郎はあくどいやつでな。金になることなら、何でもやる」

宗吉の顔に、嫌悪の色が浮いた。

「稲五郎は女郎屋の他に、何かやってるのかい」

猪七が訊いた。

「賭場《とば》も、ひらいてるってえ噂だぜ」

「その賭場は、どこにあるんだい」

「知らねえ。ここに飲みにくる男が、話しているのを耳にしただけで、おれは賭場に行ったことがねえからな」

そう言って、宗吉は猪七の傍らに腰を下ろしている彦十郎と神崎に目をやった。

すると、彦十郎が、

「ところで、稲五郎は辰造が攫った娘をどうするつもりなのだ。吉原の遊女屋の禿《かむろ》のように、吉松屋の女郎につけておき、男の相手ができるような歳になったら、客をとらせるのか」

彦十郎が訊いた。

「いずれ、客を取らせるつもりで、店においてるんじゃァねえかな。吉原や他の女郎屋に売るつもりなら、店におくはずはねえ」

「そうだな」

おはつとおうめは、吉松屋にいるのではないか、と彦十郎は思った。

そのとき、客がふたり店に入ってきた。ふたりとも職人ふうの男である。ふたりは彦十郎と神崎を見て、驚いたような顔をした。武士だったからだろう。

「あいているところに、腰を下ろしてくんな」

宗吉はそう言って、彦十郎たちのいる場から離れた。いつまでも、彦十郎たちと話しているわけにはいかないと思ったのだろう。

彦十郎たち三人は、半刻（一時間）ほど酒を飲んでから飲み屋を出た。店の外はまだ明るかったので、吉松屋のそばまで行ってみた。お京の姿は、見当たらなかった。

三人はそのまま鶴亀横丁に帰ることにした。

5

彦十郎、神崎、猪七の三人が、増富屋に帰るとお京の姿があった。お京は帳場の奥の座敷で、平兵衛と茶を飲んでいた、お京は先に帰り、彦十郎たちを待っていたらしい。

彦十郎たちが座敷に腰を下ろすと、

「おしげに、茶を淹れさせましょう」

そう言って、平兵衛は立ち上がった。

いっときして、平兵衛がおしげを連れてもどってきた。おしげは彦十郎たちに、茶を出すと、「わたしがいると、話の邪魔になりますね」と言い残し、座敷から出ていった。おしげの足音が遠ざかると、

「風間の旦那、何か知れたかい」

すぐに、お京が訊いた。

「おはつとおうめは、吉松屋に監禁されているようだが、はっきりしないのだ。それ

に、稲五郎は賭場もひらいているらしい。こうなると、女郎屋のあるじというより、やくざの親分だな」

彦十郎が言った。

「攫われたおはつとおうめは、吉松屋のどこに閉じ込められているか分かったのかい」

そう言って、お京は彦十郎、神崎、猪七の三人に目をやった。

「いや、分からない」

神崎が言った。

彦十郎と猪七が、うなずいた。攫われたふたりは吉松屋に監禁されているとみていたが、吉松屋のどこにいるか分からなかった。攫われたふたりの娘を助け出すために踏み込むなら、店のどこにいるか事前に摑《つか》まなければならない。

「あたし、吉松屋に何度か行ったことのある遊び人から聞いたんだけど、吉松屋の裏手には離れがあって、そこに馴染《なじ》みの客を入れることがあるそうですよ」

お京が言った。

「裏手の離れか」

彦十郎は、攫われたふたりの娘の監禁場所をつきとめようと思った。

次に口をひらく者がなく、座敷が重苦しい沈黙につつまれたとき、

「どうかしら、吉松屋のことを知っていそうな男を、ひとりつかまえて話を訊いたら」

お京が、男たちに目をやって言った。

「だが、下手に辰造や稲五郎の子分を捕らえると、攫われたおはつとおうめは、別な店に売られるかもしれん。それに、おはつたちが始末される恐れもある」

彦十郎は、迂闊に辰造や子分は捕らえられないとみていた。

「そうだね」

お京が肩を落とすと、

「賭場はどうだ。稲五郎が貸元をしている賭場をつきとめ、町方を装って、出入りする子分をひとりつかまえて話を聞くのだ」

めずらしく、神崎が身を乗り出すようにして言った。

「いい手だ。賭場に出入りしている子分なら、捕らえてもおれたちがやったと思わないだろうな」

「あっしが、賭場はどこにあるか、探ってきやすよ」

猪七が言った。

「できるか」

「あっしは、岡っ引きをやってたんですぜ。賭場に出入りしている遊び人の心当たりがありやす」

「猪七に頼みましょう」

それまで黙って話を聞いていた平兵衛が言った。

彦十郎たちの話は終わり、神崎、猪七、お京の三人は腰を上げた。今日は、それぞれの塒に帰って休むのである。

彦十郎と平兵衛は、神崎たち三人を戸口まで送り出した。三人の姿が遠ざかったとき、「そうそう、風間さまが出かけた後、手習所のおあきさんが、見えましたよ」

と、平兵衛が言った。

「また、何かあったのか！」

彦十郎の声が、大きくなった。手習所に通っている女児が、また攫われたのではないかと思ったのだ。

「いえ、おあきさんは、攫われたおはつが心配でならないらしく、様子を訊きに来たんですよ」

「そうか」

彦十郎は、おあきのためにも、おはつとおうめを早く助け出してやりたい、と思った。

「おあきさん、できることがあったら、手伝いたいと言ってましたよ」

平兵衛が、意味ありそうな目で彦十郎を見て言った。

「て、手伝いたいと言われてもな。おあきのような娘が、下手に動くと、おはつやおうめの二の舞いだぞ。……おあきは、女衒に連れていかれるような歳ではないが」

彦十郎が照れたような顔をして言った。

「おあきさんのためにも、攫われた娘たちを早く助け出すことですね」

平兵衛はそう言い置き、帳場にもどった。

ひとりになった彦十郎は、おはつのことが気になり、おはつの家である鶴亀横丁にある下駄屋に行ってみた。おあきも、おはつのことが心配になり、下駄屋に行ったのではあるまいか。

攫われたおはつは、下駄屋のひとり娘だった。娘を攫われた両親の悲しみと不安は、計り知れないだろう。

下駄屋は、店をひらいていた。店先の台の上に、赤や紫などの鼻緒をつけた下駄が並んでいる。

店先には、だれもいなかった。店を覗《のぞ》いたが、客も父母の姿もなかった。店は、ひっそりとしている。

彦十郎は、下駄屋の店先に立ったままなかに入れないでいた。おはつを助け出す目安もなかったので、おはつの父母に会いづらくなったのだ。

彦十郎は、このまま帰ろうと思い、踵を返そうとしたとき、店から男がひとり出てきた。勝次郎の弟の源助である。

彦十郎は、男が下駄屋の店先から離れるのを待って、

「源助」

と、後ろから声をかけた。

源助は立ち止まって振り返り、彦十郎を目にすると、

「風間の旦那、おはつは見つかりやしたか」

すぐに、訊いた。

「いや、まだだ」

彦十郎はそう言った後、

「おはつを攫った者から、何か言ってきたか」

と、訊いた。辰造たちが身の代金を要求するはずはないが、彦十郎たちを牽制《けんせい》する

ために、おれたちのことを探ったりすると、おはつの命はない、と言って脅したかもしれない。「な、何も言ってきやせん」

「そうか。おはつとおうめは、何としても助け出す。……勝次郎夫婦に気をしっかり持って、待つように話してくれ」

「へい、旦那たちのご恩は忘れません」

そう言って、源助は彦十郎に頭を下げた後、

「手習所の若師匠のおあきさんも、店に来てくれて、おはつさんきっと帰ってきます、と言って、励ましてくれたんでさァ」

と、涙声で言った。

「おあきさんも、来てくれたのか」

彦十郎は、おあきが攫われた娘たちのことを心底心配していると知って、おあきのためにも、攫われたふたりの娘を助け出したいと思った。

6

彦十郎、神崎、猪七、お京の四人は、平兵衛に見送られて増富屋を出た。向かった

先は、並木町にある吉松屋である。彦十郎たちは、稲五郎の子分をひとり捕らえ、おはつとおうめの監禁場所を聞き出すつもりだった。

当初は、賭場をつきとめて稲五郎の子分をつかまえて、話を聞くつもりだったが、賭場のある場所がなかなかつかめなかった。それで、吉松屋に出入りしている者を捕らえて、話を訊くことにしたのだ。それに、賭場に出入りしている子分だと、監禁されているおはつたちの居所を知らない者もいるとみたのだ。

彦十郎と神崎は網代笠をかぶり、小袖にたっつけ袴《ばかま》姿だった。正体を隠すために身《み》装《なり》を変えたのである。

彦十郎たちは並木町に入ると、いっしょに来た仲間と知れないようにすこし間をとって歩いた。

彦十郎たちは、そば屋の大黒屋の脇の道に入った。そして、前方に吉松屋が見えてきたところで路傍に足をとめた。

「あっしが様子を見てきやしょう」

そう言って、猪七がその場を離れた。

猪七は通行人を装い、吉松屋の前まで行くと、すこし歩調を緩めたが、そのまま通り過ぎた。そして、半町ほど歩いてから、踵を返してもどってきた。

「どうだ、店の様子は」

彦十郎が訊いた。

「店をひらいてやした」

猪七は、ふだんと変わりないことを言い添えた。

「話の聞けそうな者が、出てくるのを待つしかないな」

彦十郎は、吉松屋の稲五郎や辰造に知れないようにことを運びたかったのだ。

「ここで待つか」

神崎が言った。

彦十郎たち四人は、路傍の樹陰や道沿いの店の脇などに身を隠し、吉松屋から話の聞けそうな男が出てくるのを待った。

彦十郎たちがその場に身を隠して、一刻(二時間)ほど経《た》ったろうか。この間、吉松屋から何人もの男が出入りしたが、攫われたおはつやおうめのことを訊けそうな者は姿を見せなかった。

「出てこないねえ」

お京が、うんざりした顔で言った。

「待つしかないな」

彦十郎が言った。

それから、小半刻（三十分）も経ったろうか。

「あいつは、どうです」

と、猪七が吉松屋を指差して言った。

見ると、遊び人ふうの男が吉松屋の出入口から姿を見せ、こちらに歩いてくる。客ではないようだ。稲五郎の子分であろう。

「やつを捕らえよう」

彦十郎が言った。

「仕掛けるのはここではなく、吉松屋から離れてからだな」

彦十郎は近付いてくる男を見つめながら言った。

「それがいい」

彦十郎たちは、樹陰に身を隠したまま男が通り過ぎるのを待った。

そして、男が通り過ぎ、半町ほど離れてから彦十郎たちは男の跡を尾け始めた。男は賑やかな門前通りに出ると、南に足をむけた。

彦十郎たちは、男との間をつめた。門前通りは人通りが多いので、近付いても気付かれる恐れがなかったのだ。

男は門前通りをいっとき歩き、左手の道に入った。

彦十郎たちは、走った。男の姿が見えなくなったのだ。男の入った道までくると、男の後ろ姿が見えた。男は肩を振るようにして歩いていく。

「やつは、どこへ行く気ですかね」

猪七が、彦十郎に訊いた。

「分からぬ。情婦《いろ》のところにでも行くのかもしれぬ」

彦十郎が言った。

前を行く男は、大川端沿いの道に突き当たると左手におれた。その辺りは、材木町である。

彦十郎たちは走った。男の姿が見えなくなったからだ。大川端の道まで出ると、男の後ろ姿が見えた。男は川上に向かって歩いていく。

そのとき、神崎が彦十郎に走り寄り、

「この辺りで、やつを押さえるか」

と、声をかけた。

「挟み撃ちにしよう。おれが、やつの前に出る。神崎は後ろから来てくれ」

彦十郎が言った。

「承知した」

「行くぞ」

彦十郎は小走りになり、大川端に植えられた柳の樹陰を辿《たど》るようにして男に近付いた。そして、男に近付くと、岸際を走って男の前に出た。

ふいに、男が足をとめた。見知らぬ武士が、立ち塞がるように自分の前に立ったからだろう。

「あ、あっしに、何か用ですかい」

男が彦十郎に訊いた。顔が強張っている。

そこへ、背後から神崎と猪七が近付いてきた。お京は、ふたりからすこし間をとって足をとめた。

「な、何の用だ！」

男は叫びざま、懐に手をつっ込んだ。匕首《あいくち》を、持っているようだ。

彦十郎は刀を抜き、刀身を峰に返した。峰打ちで仕留めるつもりだった。彦十郎が抜き身を手にして、一歩踏み込んだ。

男の顔が、恐怖に歪《ゆが》んだ。男は震える手で懐から匕首を取り出し、

「殺してやる！」

と、叫びざま、匕首を前に突き出すように構えて飛び込んできた。

一瞬、彦十郎は右手に体を寄せざま、刀身を横に払った。神速の太刀《たち》捌《さば》きである。

男は悲鳴を声を上げ、匕首を取り落として前によろめいた。彦十郎の峰打ちが、男の腹を強打したのだ。

男は腹を押さえて蹲《うずくま》った。苦しげな呻《うめ》き声を上げている。

「猪七、縄をかけてくれ」

彦十郎が声をかけた。

すぐに、猪七は細引を取り出し、男の両腕を後ろにとると、「こいつは、盗人《ぬすっと》だ！」と声を上げてから、早縄をかけた。通りすがりの者たちが集まって、峰打ちを浴びた男や彦十郎たちに目をむけていたので、岡っ引きが盗人を捕らえたように見せかけたのだ。

彦十郎たちは男に縄をかけると、人目につかないように裏道や新道をたどって鶴亀横丁に向かった。

7

彦十郎たちが捕らえた男を連れていったのは、増富屋の奥の座敷だった。そこで、男を訊問《じんもん》するのである。

座敷には彦十郎たち四人に加え、平兵衛の姿もあった。捕らえた男を座敷のなかほどに座らせ、五人で取り囲んでいる。

男の前に立った彦十郎が、

「おまえの名は」

と、訊いた。穏やかな声である。

男は戸惑うような顔をしていたが、

「長助《ちようすけ》でさア」

と、名乗った。何人もに取り囲まれ、名を隠す気になれなかったのだろう。

「長助、おまえは吉松屋で何をしているのだ」

彦十郎が訊いた。

長助は戸惑うような顔をしていたが、

「下働きでさァ」

と、小声で言った。

「店で働いているなら、辰造という男を知っているな」

「へ、へい」

「辰造が吉松屋に連れてきた女の子がいるな。まだ、十歳ほどの子供だ」

彦十郎が訊くと、長助は視線を落とし、

「知らねえ」

と、くぐもった声で言った。

「知らないはずはない。辰造がふたりの女の子を吉松屋に連れていったはずだ」

彦十郎が語気を強くして言った。

「…………」

長助は、口をつぐんだまま顔を上げなかった。

「辰造が、ふたりの女の子を吉松屋に連れ込んだことは分かっているのだ。それを隠すつもりか」

彦十郎は刀を抜き、切っ先を長助の頬にあてると、「辰造が連れ込んだ、ふたりの子はどこにいる！」と語気を強くして訊き、切っ先をすこし引いた。

ヒイッ！　と悲鳴を上げ、長助が首をすくめた。頰から血がふつふつと吹き、赤い筋を引いて流れた。

「次は、耳を切り落とす。その次は、鼻を削《そ》ぐ」

そう言って、彦十郎は切っ先を耳朶《じだ》に当て、

「ふたりの女の子は、どこにいる」

と、語気を強くして訊いた。

「よ、吉松屋に、いやす」

長助が声を震わせて言った。

「吉松屋のどこだ」

「店の裏手の離れでさァ」

「裏手にある離れにも、客を入れるのか」

彦十郎は、吉松屋に離れがあることをお京から聞いていた。

「客を入れやすが、攫ってきた餓鬼《がき》は、まだ座敷に出すようなことはねえ」

そう言って、長助は顔を上げ、その場にいた平兵衛たちにも目をやった。

「攫われた子は、別の座敷に閉じ込められているのだな」

彦十郎が念を押すように訊いた。

「そうでさァ」

「やはり、おはつとおうめは、吉松屋に閉じ込められていたか」

彦十郎はそう言った後、その場にいた者たちに目をやり、「話を訊いてくれ」と声をかけた。

すると、平兵衛の脇に座していた神崎が、

「吉松屋には、おはつとおうめの他にも女衒に攫われた子がいるのか」

と、長助に訊いた。

「他に、ふたりいやす」

「すると、離れには攫われた女の子が、四人いるのだな」

「そうでさァ」

長助は、すぐに答えた。すこし話したことで、隠す気が薄れたらしい。

「他のふたりは、どこから攫ってきたのだ」

神崎が訊いた。

「知らねえ。嘘《うそ》じゃァねえ。あっしは、辰造兄いと、話すことは滅多にねえんだ」

長助が向きになって言った。

神崎が口をつぐむと、それまで黙って聞いていた平兵衛が、

「吉松屋には、牢人がいるな」

と、長助を見据えて訊いた。平兵衛は、増富屋に来た牢人を念頭に置いて訊いたらしい。

「いやす」

「牢人の名は」

「平松源三郎《ひらまつげんざぶろう》でさァ」

「平松源三郎な」

そう言った後、平兵衛は彦十郎と神崎に目をやり、「知ってますか」と小声で訊いた。

「ここに来たとき、顔を見ただけだ」

彦十郎が言うと、神崎もうなずいた。

「平松の他にも、稲五郎のそばには武士がいるのか」

さらに、平兵衛が訊いた。

「いねえ。平松の旦那だけでさァ」

「子分は」

「吉松屋には、十人ほどいやす。……賭場の代貸《だいがし》や壺振《つぼふ》りを加えりゃァ、三十人近くなりますぜ」

「大勢だな」

平兵衛が驚いたような顔をした。

平兵衛が口をつぐんで座敷が静かになったとき、

「あっしを帰《けえ》してくだせえ。あっしの知っていることは、みんな話しやした」

長助が哀願するような声で言った。

「帰せだと。長助、死にたいのか」

彦十郎が言った。

「……！」

長助は、息を呑《の》んで彦十郎を見た。

「長助、おまえがおれたちに捕らえられたことは、稲五郎たちにすぐに知れるぞ。おれたちに喋《しゃべ》ったこともな。稲五郎たちは、よく帰ってきたと褒めてくれるか」

「……！」

長助が息を呑んだ。

「まちがいなく殺されるぞ。それで、よかったら、帰してやる」

「こ、殺されるかもしれねえ」

長助が声を震わせて言った。

すると、彦十郎と長助のやりとりを聞いていた平兵衛が、

「長助、身を隠すところはあるのか」

と、訊いた。

「ねえ」

「おまえの家は、何をしている」

「あっしの家は田原町で飲み屋をやってやすが、兄いが跡をとってやして、おれの居場所はねえんでさァ。……それに、子分の何人かが、田原町の家を知ってやす」

「それなら、しばらくここに身を隠すか。ただ、店にいるわけにはいかないから、裏手にある納屋《なや》だぞ」

平兵衛が言った。

「へえ」

長助は戸惑うような顔をした。

「飯《めし》は、食わせてやる。それに、おまえがここを出たければ、好きなときに出ていっていい」

「旦那、あっしをここに置いてくだせえ」

長助が、平兵衛に縋るような目をむけた。

第三章　提灯《ちょうちん》斬り

1

彦十郎が帳場の奥の座敷で、おしげが仕度してくれた朝飯を食っていると、お春が顔を出した。

お春は座敷を覗くように見て、飯を食っているのが彦十郎ひとりだと分かると、近付いてきた。そして、彦十郎の脇に腰を下ろし、上目遣いに彦十郎を見た。

「お春、何か用か」

彦十郎が訊いた。

「一昨日ね、風間さまのことを訊かれたの」

お春は、声をひそめて言った。

「だれに訊かれたのだ」

「手習所のおあきさんという女のひと」

「おあきか、それで、何を訊かれたのだ」

「ふだん、風間さまは何をしているのか、訊かれたの」

「それで、何をしていると話したのだ」

「いつも、お酒を飲んで、寝てると言ったの」

お春はそう言って、クスッ、と笑った。

「お、お春なんてことを言うのだ。おれは、平兵衛に仕事があるか訊いて、仕事に出ているではないか」

「仕事に行くこともあるけど、お酒を飲んで寝ていることの方が多いもの」

「うむむ……」

彦十郎は口を結んで低い唸《うな》り声を洩《も》らしただけで、何も言えなかった。事実、仕事に出るより、酒を飲んで寝ていることの方が多いのかもしれない。

「ねえ、おあきさんだけど、風間さまのこと色々訊くのは、好いてるからじゃァないかしら」

お春が声をひそめて訊いた。お春の頬が、ポッと赤らんだ。色恋のことを想像したようだ。

「お、おあきはな、いま、それどころではないのだ。手習所の教え子が、人攫いに攫われたのを知らないのか。おあきは、何とかして教え子を助け出したいと、一生懸命なのだ。……それで、おれのところに来て、色々訊くわけだ」

彦十郎が、いつになく真剣な顔をして言った。

「そうなの」

お春の声が、ちいさくなった。頬の赤みが消えている。

「お春にも、言っておくがな。鶴亀横丁の娘がふたりも攫われているのだ。お春も、攫われかもしれんぞ」

「こ、怖い……」

お春が、両手で自分の体を抱くようにして身震いした。

「いいか、ひとりで横丁を歩きまわるな」

「家にいるようにする」

お春は、素直だった。すぐに、彦十郎の言うことを信じたようだ。

「それから、男が納屋に閉じ込められているのを知っているな」

彦十郎は、納屋に閉じ込めてある長助のことを言ったのだ。長助を捕らえて、三日経つ。この間、長助は納屋にいたのだ。念のため、勝手に出入りできないように、納屋に鍵がかけてあったが、縄はかけてなかった。彦十郎たちは、長助が逃げてかまわないと思っていたのだ。

「知ってる」

お春が言った。

「納屋にも、近付くな。覗いたりするなよ」

「覗いたりしない」

「それでいい」

彦十郎は、満足そうな顔をして茶碗《ちゃわん》に残っている飯を掻《か》き込《こ》んだ。

お春が座敷を出るのと入れ替わるように、平兵衛が姿を見せた。

「風間さま、見えてますよ。神崎さまと、猪七さんが」

平兵衛が言った。

「そうか」

彦十郎は立ち上がった。これから、神崎たちと並木町へ行くことになっていたのだ。

彦十郎が平兵衛とふたりで帳場まで行くと、戸口近くで風間と猪七が待っていた。

「朝飯は食ったのか」

彦十郎がふたりに訊いた。

「すませてきた」

神崎が言うと、猪七がうなずいた。

「出かけるか」

そう言って、彦十郎が表戸の方に足をむけた。

そのとき、戸口に近付いてくる下駄の音がし、腰高障子があいて、お京が飛び込んできた。

「大変だよ!」

お京が昂った声で言った。急いで来たとみえ、息が弾んでいる。

「どうした、お京」

彦十郎が訊いた。

「こっちへ来るよ! 男が七、八人」

お京が、下駄で足踏みしながら言った。

「だれが、来るのだ」

彦十郎が声高に訊いた。

「稲五郎の子分たちだよ。二本差しもいるよ」

「捕らえた長助を助けに来たのではないか」

神崎が言った。

「とにかく、相手するしかないな」

彦十郎は、納屋に監禁している長助はともかく、増富屋にいる平兵衛の家族は守らねばならないと思った。

「店に入られると面倒だ。戸口で、迎え撃とう」

神崎が言った。

「よし、戸口に出よう」

彦十郎も、平兵衛の家族を守るには、戸口で闘うしかないと思った。

彦十郎はそばにいた平兵衛に、

「おしげさんとお春といっしょに、奥の座敷にいてくれ」

と、声をかけた。

平兵衛は戸惑うような顔をしたが、その場にいるとかえって足手纏《あしでまと》いになると思ったらしく、

「奥にいますよ」

と、平兵衛たち四人に声をかけて奥へ向かった。

2

「来たよ！」

お京が声を上げた。

見ると、男が七、八人、増富屋の方に足早に向かってくる。遊び人ふうの男が多かったが、武士の姿もあった。牢人体である。

彦十郎は、その牢人に見覚えがあった。以前、辰造といっしょに増富屋に来て、事件から手を引くように言い置いて帰った男だ。名は平松源三郎である。

彦十郎、神崎、猪七の三人は、戸口に出た。つづいて、出ようとしたお京に、

「お京！　店から離れていてくれ。ここは、おれたち三人で何とかする」

彦十郎が言った。

お京は戸惑うような顔をしたが、この場にいるとかえって足手纏いになるとみたらしく、

「あたしは、外にいる」

と言い残し、足早にその場を離れた。

彦十郎、神崎、猪七の三人は、増富屋の出入口に並んで立った。彦十郎と神崎は、猪七をなかにし、両脇に位置した。刀を遣わない猪七を、守るためである。

「戸口にいるぞ！」

声を上げたのは、辰造だった。

その声で、男たちが走り寄った。そして、戸口に立っている彦十郎たち三人を取り囲むように立った。

「何の用だ！」

彦十郎が声高に訊いた。

「風間の旦那、言っておいたはずだぜ。おとなしくしねえと、娘の命はねえと」

辰造が、口許に薄笑いを浮かべて言った。

「おとなしくしてれば、おはつとおうめを帰してくれるのか」

彦十郎が、辰造を見据えて訊いた。

「攫った娘は、帰せねえなァ。おめえたちが身請けでもすれば、帰さねえこともねえが……」

「そんな金はない」

たとえ大金を積んで、おはつとおうめを身請けしたとしても、辰造たちは別の娘に手を出す、と彦十郎はみた。

「それじゃァ帰せねえ。……ところで、長助はどこにいるんだい」

辰造が、顔の笑いを消して訊いた。

「知らぬ」

「この店のどこかに閉じ込められているのは、分かっているんだ」

辰造の声が大きくなった。

「店には、いないぞ。探してみるんだな」

彦十郎は、辰造たちを店に入れたくなかった。店に入られると、平兵衛、おしげ、お春の三人を守りきれないとみたのだ。それで、店にはいないと言ったのである。

「そうかい」

辰造がそばにいる男たちに目をやり、「三人ほどで、店の裏手にまわってみろ」と声をかけた。すると、遊び人ふうの男が三人、その場を離れた。店の裏手にまわるらしい。

彦十郎は、動かなかった。裏手の納屋に閉じ込めてある長助は、辰造たちに渡してもいいと思ったのだ。

「おれたちは、ここにいる三人を始末する」

それまで黙っていた平松が、仲間たちに声をかけた。

平松の声で、男たちが彦十郎、神崎、猪七の三人の前に立ち、手にした長脇差や匕首を神崎と猪七にむけた。

「おれが相手だ！」

そう言って、彦十郎の前に立ったのは平松だった。

「おぬし、今日こそ仕留めてやるぞ」

平松は彦十郎を見据えて言い、腰の刀を抜いた。

彦十郎も抜刀し、青眼に構えると、剣尖《けんせん》を平松の目にむけた。腰の据わった隙のない構えである。

対する平松は、上段に構えた。切っ先で天空を突くように、刀身をほぼ垂直に立てた。大きな構えである。

ふたりの間合はおよそ三間、真剣勝負の立ち合いの間合としては近いかもしれない。その場に何人も集まっているので、間合がひろく取れないのだ。

……遣い手だ！

と、彦十郎は察知した。

平松の上段の構えには隙がなく、上から覆いかぶさってくるような威圧感があった。

一方、平松の顔にも驚きの色が浮いた。彦十郎の青眼の構えは、どっしりと腰が据わり、隙がなかったからだろう。

このとき、神崎と猪七の前には、数人の男が匕首や長脇差を手にして身構えていた。神崎は青眼に構え、剣先を前に立った大柄な男にむけていた。

神崎の構えには隙がなく、腰が据わっていた。神崎は剣の遣い手であった。しかも、真剣勝負を何度も経験していたので、こうした闘いにも高揚して気が乱れることはなかった。

猪七は十手を前に立った男にむけていたが、腰が浮き、構えにも隙があった。こうした闘いに十手は適さなかったし、腕もそれほどではない。

彦十郎は、平松と対峙《たいじ》したまま動かなかった。いや、動けなかったのである。彦十郎の胸の内には、猪七のこともあった。この場から離れると、敵が猪七の脇にまわり、太刀打ちできなくなるとみたからだ。

平松は対峙したまま動かない彦十郎に焦《じ》れたのか、

「こないなら、いくぞ！」

と、声をかけ、足裏を摺《す》るようにして、ジリジリと間合を狭めてきた。

対する彦十郎は、動かなかった。気を鎮めて、平松の動きとふたりの間合を読んでいる。

ふいに、平松の寄り身がとまった。斬撃の気配が高まっている。

……この遠間《とおま》から、仕掛けるのか！

彦十郎は胸の内で声を上げた。平松は、一足一刀の斬撃の間境《まざかい》から二歩ほどもある遠間で足をとめたのだ。

さらに、平松の斬撃の気配が高まってきた。

咄嗟《とっさ》に、彦十郎が一歩身を引こうとした。その瞬間だった。

イヤアッ！

平松が裂帛《れっぱく》の気合を発して斬り込んできた。

大きく一歩踏み込みざま、上段から真っ向へ――。

一瞬、彦十郎は頭のどこかで、平松の切っ先はとどかない、と察知したが、反射的にわずかに身を引いた。

刹那、閃光《せんこう》が彦十郎の顔の前をはしった。真っ向へ振り下ろされた平松の切っ先が放つ刃光だった。

平松の切っ先は、彦十郎の顔面近くの空を切って流れた。遠間からの仕掛けだったので、届かなかったのだ。

次の瞬間、平松は一歩踏み込みざま、刀身を横に払った。

真っ向から横一文字に――。一瞬の連続技である。

ザクリ、と彦十郎の小袖の腹の辺りが、横に裂けた。平松の切っ先がとらえたのだ。

刹那、彦十郎は後ろに跳んだ。体が無意識に反応したのである。

彦十郎はさらに身を引き、平松との間合を大きくとると、あらためて青眼に構え、剣先を平松にむけた。

彦十郎のあらわになった腹に、うすい血の線があった。平松の横に払った太刀で、腹の皮肉をかすかに斬られたのだ。

「なんだ、この太刀は！」

思わず、彦十郎が訊いた。

「提灯斬《ちょうちんぎ》り」

平松が嘯《うそぶ》くように言った。

「提灯斬りだと！」

彦十郎は、平松の遣った太刀が、提灯斬りと呼ばれる理由が、すぐに分かった。

上段から真っ向へ斬り下ろす初太刀は捨て太刀で、横に払う二の太刀が、敵を仕留めるための斬撃なのだ。

横に払う剣は、敵の腹を真横に斬る。まさに、提灯が横に裂けたように、腹が横に斬り裂かれるのだ。

「次は、おぬしの腹、提灯のように切り裂いてくれる」

そう言って、平松は上段に構えた。

3

彦十郎と平松が、青眼と上段に構えて対峙していたとき、裏手にまわった三人の男がもどってきた。

三人のうちの兄貴格と思われる男が、辰造に顔を寄せ、何やらささやいた。

「そうか。始末がついたか」

と、辰造が言った。そして、匕首を手にしたまま、彦十郎と対峙していた平松の背後にまわった。

平松は上段に構えたまま後じさった。そこに、辰造が身を寄せ、「始末がつきやしたぜ」と、小声で言った。

平松は上段に構えていた刀を下ろし、

「風間、勝負、あずけた」

と言って、刀を鞘《さや》に納めた。

「引け！　始末はついた」

辰造が、増富屋の戸口にいた男たちに声をかけた。

すると、男たちはそれぞれの相手から身を引いて間合がひらくと、手にした刃物を鞘に納めた。そして、先にたった平松と辰造の後につづいた。

彦十郎、神崎、猪七の三人は、逃げていく辰造たちを呆然《ぼうぜん》と見送っていた。

「やつら、何しに来たのだ」

猪七が言った。

「長助は、連れてこなかったな」

彦十郎は、裏手にまわった三人が、納屋に監禁してあった長助を連れてこなかったことに気付いた。

「納屋に、行ってみるか」

彦十郎が先にたち、神崎と猪七がつづいた。

三人は、増富屋の脇をまわって裏手に向かった。納屋の板戸はしまっていた。付近に人影はない。

「長助は、ひとりで別の場所に逃げたのかもしれねえ」

猪七が言った。

彦十郎は納屋の周囲に目をやり、ひとの潜んでいる気配がないのを確かめてから、納屋の引き戸をあけた。

「こ、これは！」

思わず、彦十郎は息を呑んだ。

納屋の戸口近くに、長助が血塗《ちまみ》れになって倒れていた。土間が、赭黒《あかぐろ》い血に染まっている。

「し、死んでる！」

猪七が、声をつまらせて言った。

「やつら、長助を助けに来たのではない。殺しに来たのだ」

神崎が言った。

「長助は、仲間ではないか。殺さなくてもいいのに」

彦十郎は、辰造たちの無惨な仕打ちに腹がたった。

彦十郎たち三人は、長助をそのままにして増富屋にもどった。平兵衛たちが心配しているだろうと思ったのだ。

彦十郎たちが帳場までもどると、平兵衛の姿があった。

「どうしました」

すぐに、平兵衛が訊いた。

「やつら、納屋に閉じ込めてあった長助を殺して帰った」

彦十郎が言った。

「助けずに、殺したのですか」

平兵衛が驚いたような顔をした。

「長助の口封じに来たのだ」

「それにしても、仲間を殺すとは」

平兵衛が眉を寄せた。

彦十郎たちがそんなやりとりをしているところに、お京がもどってきた。

「辰造たちが、帰っていくのを見てね。来てみたんですよ」

お京が言った。

「やつら、おれたちを襲ったのではない。辰造を殺しに来たのだ」

そう言って、彦十郎は、辰造たちがここに来て何をしたかかいつまんで話した。

「嫌なやつらだね。仲間を助けずに、殺すなんて」

お京が顔をしかめた。


彦十郎たちは、帳場の奥の座敷に集まった。これからどうするか、相談するためである。

彦十郎たちが、おしげが淹れてくれた茶で喉を潤した後、

「吉松屋の離れにいるおはつとおうめを助け出さねえとな」

と、猪七が言った、

「離れにいますかね」

平兵衛が、首をかしげた。

すると、その場にいた彦十郎、神崎、猪七、お京の四人の目が平兵衛に集まった。

「今日、長助を殺しにきた辰造たちは、当然、風間さまたちが長助からおはつたちの居所を聞き出したとみるでしょう」

「そうみるだろうな」

彦十郎が言った。

「それでも、吉松屋の離れに、おはつたちを監禁しておきますかね」

「別に、おはつたちを監禁しておくような場所があれば、そこに隠すかしれんな」

彦十郎は、おはつたちを吉松屋の離れに残しておいたとしても、稲五郎は襲撃に備えて大勢の子分を集めておくとみた。当然、平松も吉松屋にいるはずである。

彦十郎が思ったことを口にすると、

「吉松屋を探れば、おはつちゃんたちがいるかどうかすぐ知れるよ」

お京が、身を乗り出して言った。

4

辰造たちが増富屋を襲って長助を殺した二日後、彦十郎、神崎、猪七、お京の四人は、並木町に向かった。八ツ(午後二時)ごろである。

吉松屋の離れを探って、攫われたおはつたちがいるかどうか、はっきりさせるのだ。おはつたちがいると知れたら、すぐに離れに踏み込んで、攫われた娘たちを助け出すつもりだった。

彦十郎たちは、以前と同じように正体が知れないように身装《みなり》を変えていた。彦十郎と神崎は小袖にたっつけ袴姿で、網代笠をかぶった。猪七は腰切半纏《こしきりばんてん》に黒股引《ももひき》姿だった。左官か屋根葺《やねふ》きのような恰好である。

お京は、いつもの身装だった。お京は辰造たちに、彦十郎たちの仲間と知られていなかったのだ。

彦十郎たちは、そば屋の大黒屋の脇の道に入り、前方に吉松屋が見えてきたところで、足をとめた。

「また、吉松屋から出てきた客か若い衆に、店の様子を聞くしかないな」

彦十郎が言うと、

「その前に、あたしが様子を見てくるよ。旦那たちは、この辺りに隠れていて」

すぐに、お京はその場を離れた。

彦十郎たちは、以前と同じように路傍の樹陰や道沿いの店の脇などに身を隠した。そして、お京に目をやっていた。

ふいに、お京が吉松屋の手前まで行って足をとめた。店先から、男がふたり出てきたのだ。ふたりとも年配で、羽織《はおり》に小袖姿だった。商家の旦那ふうである。

お京はふたりの男に声をかけ、何やら話し始めた。そして、ふたりの男と話しながら、彦十郎たちが身を隠している方に歩いてきた。

お京は彦十郎たちのいる場から、すこし歩いたところで足をとめ、

「ふたりとも、気をつけて帰ってよ」

と、声をかけた。

お京はふたりの男が遠ざかると、踵を返して彦十郎たちのそばに戻ってきた。彦十郎たち男三人は、隠れていた場から通りに出て、

「お京、何か知れたか」

と、彦十郎が訊いた。

「ふたりは、吉松屋の客でね、何度か遊びに来たことがあるらしいんだ」

お京が言った。

「それで、吉松屋の様子はどうだ」

「ふだんと変わりない、と言ってましたよ。若い衆や妓夫はいるけど、他の男は目につかないそうです」

「離れの様子は」

さらに、彦十郎が訊いた。

「これまでと同じように、客を入れているらしいよ」

「ふたりの客は、離れで遊んだことがあるのか」

彦十郎が訊いた。

「今日も、離れで遊んだようですよ」

「それで、おはつたちのような娘はいたのか」

彦十郎が、身を乗り出して訊いた。

「ふたりとも、禿はいなかったと言ってました」

お京が、その場にいた男たちに目をやって言った。秀は遊女に使われる女子で、十歳前後が多い。

「すると、おはつたちは離れにいないのかな」

「そうらしいよ。あたしが訊いたふたりは、以前見掛けた禿は、いなくなったとはっきり言ってましたからね」

「そうか。おれたちに捕らえられた長助の口から、攫ってきた娘たちが吉松屋の離れにいると知れたと思い、どこかに隠したのだな」

彦十郎が言うと、

「おれも、そうみる」

神崎が言い添えた。

「吉松屋に踏み込んでも、おはつたちを助けられねえのか」

猪七が、肩を落として言った。

いっときその場にいた四人は、口をつぐんでいたが、

「おはつたちが、連れていかれたところをつきとめればいいんですよ」

お京が言った。

「どうやって、つきとめる」

彦十郎が訊いた。

「子分をつかまえて口を割らせるか。そうでなければ、稲五郎のことを知っていそうなひとをみつけて訊くんだね」

お京が、界隈の女郎屋や料理茶屋の若い衆、それに吉松屋を贔屓《ひいき》にしている客なら、稲五郎のことを知っているはずだと話した。

「いずれにしろ、吉松屋の女郎と禿のことを訊いてみるか」

彦十郎が言った。

「そうだな」

神崎が承知すると、猪七もうなずいた。

彦十郎たち四人は門前通りに出ると、浅草寺の方に足をむけた。浅草寺に近付くほど賑やかになり、料理屋、料理茶屋、女郎屋などが目につくようになった。

彦十郎たちは、茶屋町に近付いたところで足をとめた。

「四人でいっしょに聞き込むより、別々の方が埒《らち》があく。どうだ、この辺りで別れ、半刻（一時間）ほどしたら、集まることにしないか」

彦十郎が言った。

「それがいいね」

お京が言うと、神崎と猪七がうなずいた。

ひとりになった彦十郎は、女郎屋のありそうな路地を探した。表通り沿いにある女郎屋や女郎や芸者などが呼べる料理茶屋は大きな店が多く、かえって客や店の若い衆などに話を訊くのが難しい。

5

彦十郎は、料理屋の脇にある路地を目にとめた。狭い路地だが、浅草寺に近いせいもあって人通りが多く、賑やかだった。料理茶屋や女郎屋もありそうだ。

彦十郎は、路地に入った。参詣客や遊山客などが行き交っている。浅草寺界隈に多い楊枝屋や土産物を売る店なども目についた。

……女郎屋がある。

彦十郎は、通り沿いにある女郎屋を目にとめた。大きな女郎屋ではなかったが、入口に客を呼ぶ妓夫がいて、行き交う男に声をかけていた。

彦十郎は女郎屋に近付いた。すると、妓夫が彦十郎を目にとめ、揉み手をしながら近寄ってきた。

「ヘッヘヘ……。旦那、うちの店は、上女《じようだま》が揃《そろ》ってやすぜ」

と、腰を屈《かが》めて言った、

「おれは、若い娘《こ》がいいんだがな」

彦十郎が声をひそめて言った。

「若いのもいやすよ。まだ、男を知らねえような初《うぶ》な女も」

「禿はいるか」

「禿ですかい」

妓夫が驚いたような顔をし、「禿は若過ぎやす。男に抱かれるのは、早《はえ》えや」と小声で言った。

「この店に、禿はいないのか」

さらに、彦十郎が訊いた。

「それらしいのはいやすが……。旦那、禿を抱くのは無理でさァ。それに、うちの禿は吉原などとはちがって、女中のように料理を運ぶのを手伝ったりもするんですぜ」

「禿は何人いる」

彦十郎は、おはつやおうめがいるかどうか、聞き出したかったのだ。

「ふたりいやす」

「そのふたり、ちかごろ、店に来たばかりではないか」

「うちの娘は、二年ほど前《めえ》に来やした」

「二年前か」

彦十郎は、おはつでもおうめでもないとみて、「また、来よう」と言い残し、足早に妓夫から離れた。

背後で、「なんでえ、冷やかしかい」という妓夫の声が聞こえたが、彦十郎は振り返りもしなかった。

それから、彦十郎は別の通りに入って、店の妓夫や若い衆などから話を訊いたが、おはつとおあきと思われる若い娘のいる店はなかった。

彦十郎は、陽が西の家並の向こうにまわったのを見て、風間たちと別れた場にもどった。風間とお京はいたが、猪七はまだだった。

彦十郎がその場にもどっていっときすると、猪七が小走りにもどってきた。

「後《おく》れちまって、申し訳ねえ」

猪七が息を弾ませて言った。

「そろそろ陽が沈む。どうだ、歩きながら話すか」

彦十郎がそう言って、来た道を歩きだした。

浅草寺の門前通りも広小路も人出が多かったので、彦十郎たちは人込みを避けて歩いた。そして、人通りがすくなくなったところまで来て、

「おれから話す」

と彦十郎が言い、何店かの女郎屋の妓夫や若衆などから訊いたが、おはつとおうめが、いるような店はなかったことを話した。

「おれも、おはつとおうめがいそうな店はつかめなかった」

彦十郎が言うと、

「あたしも駄目さ」

と、お京が肩を落として言った。

すると、猪七が、

「おはつとおうめのいる店は、見つからなかったが、稲五郎が情婦にやらせている店が東仲町にあると聞きやしたぜ」

と、彦十郎たち三人に目をやって言った。

東仲町は、浅草寺の門前の広小路の南側にひろがる町だった。鶴亀横丁と、それほど遠くない。

「どんな店だ」

彦十郎が訊いた。

「表向きは、料理屋のようですがね。女郎屋と同じように何人か女郎がいて、客にそれとなく話をして女を抱かせるそうでさァ」

「その店に、おはつとおうめを隠したのかもしれんな」

彦十郎が言った。

「あっしも、そうみやした」

「その店の名は、分かるのかい」

お京が訊いた。

「福寿屋《ふくじゆや》だそうで」

「御目出度《おめでた》い店の名だねえ」

お京が言った。

「稲五郎が縁起をかついで、御目出度い名にしたそうでさァ」

「どうだ、帰りにその店のある場所だけでも、つきとめておくか」

彦十郎は、遅くなったので店を探るのは明日にしようと思ったのだ。

「それがいいね」

お京が言うと、神崎と猪七がうなずいた。

彦十郎たち四人は、浅草寺の門前の広小路に出ると、東仲町にある料理屋やそば屋などに立ち寄り、福寿屋がどこにあるか訊いた。

福寿屋はすぐに知れた。篠田屋《しのだや》という料理茶屋の斜向《はすむ》かいにあるという。篠田屋は、界隈では名の知れた老舗《しにせ》だったので、彦十郎たちも知っていた。

篠田屋は、西仲町と町境近くの通りにあった。篠田屋は二階建てで、道沿いに並ぶ店のなかでも目を引く大きな店である。その篠田屋の斜向かいに、福寿屋はあった。料理屋というより、女郎屋のようだった。妓夫らしい男こそいなかったが、戸口に大きな暖簾が下がっていて、女郎屋らしい造りになっていた。

彦十郎たちは通行人を装って福寿屋の前を通り過ぎた。そして、半町ほど歩いてから路傍に足をとめた。

「裏手にも、客を入れる座敷があるようだ」

彦十郎が言った。通りに面したところに間口の狭い店があったが、裏手にも別棟があり、そこに客を入れるようになっているらしい。

「どうしやす」

猪七が、その場にいた三人に目をやって訊いた。

「ともかく、明日だ」

彦十郎が言った。

6

曇天だった。

彦十郎、神崎、弥七、お京の四人は、八ツ（午後二時）を過ぎてから増富屋を出た。向かった先は、東仲町にある福寿屋である。

彦十郎たちは前方に福寿屋が見える場所まで来ると、路傍に足をとめた。

「ここで、分かれて聞き込みにあたろう」

彦十郎が、神崎たち三人に目をやって言った。

ここにくる途中、彦十郎たちは、福寿屋の近くまでいったらどうするか相談してあったのだ。

彦十郎はひとりになると通りを歩き、福寿屋のことを聞けそうな店を探した。彦十郎は福寿屋の女将《おかみ》のこと、それに稲五郎と店のかかわりなどを主に訊くことにした。むろん、おはつとおうめが店にいるかどうかも、探るつもりだ。

彦十郎は通り沿いにあった白粉屋《おしろいや》を目にとめた。この店は白粉だけなく紅も売っているらしく、年増が店の奉公人らしい男と話していた。

いっときすると、年増は白粉を買ったらしく、小箱を大事そうに手にして店から出てきた。奉公人らしい男が、年増を店先まで見送りに来た。

彦十郎は男に近付き、

「ちと、訊きたいことがある」

と、声をかけた。

男は不安そうな顔をして、彦十郎を見た。白粉屋は女相手の商売なので、男の客がくることは滅多にないのだろう。それに、彦十郎は武士だった。

「何でしょうか」

男は腰を低くして訊いた。

「この先に、福寿屋という料理屋があるな」

彦十郎が指差して言った。

「ありますが……」

男の顔から不安そうな表情は消えなかった。

「あの店は表向き料理屋だが、女郎屋と変わりないと聞いたが、そうなのか」

「そんな話を聞いたことがあります」

男が小声で言った。

「実は、おれの知り合いの男が、福寿屋の女に入れ込んでな。家の者が困っている。それで、福寿屋から手を引くように、何とか説得してくれと頼まれたのだ」

彦十郎は適当な作り話を口にした。

「左様でございますか」

男の顔から、不安そうな表情が消えた。たいした話ではないと思ったようだ。

「知り合いの男と話す前に、福寿屋はどんな店か様子を見に来たわけだ」

「…………」

男はちいさくうなずいただけで、何も言わなかった。

「別のところで聞いたのだが、あの店には、まだ男を知らない禿のような娘もいるとのことだが、真《まこと》なのか」

彦十郎が声をひそめて訊いた。

「そんな噂は耳にしたこともございません」

男も声をひそめた。

「それに、ちかごろ、禿のような娘が増えたそうではないか」

彦十郎は、おはつとおうめのことを念頭に置いて、そう訊いたのだ。

「存じませんが……」

男の顔に、不審そうな表情が浮いた。彦十郎が、執拗《しつよう》に訊いたからだろう。

「裏手の店にも、客を入れるのか」

さらに、彦十郎は訊いた。

「取り込んでおりますので、これで失礼します」

男はそう言って、彦十郎に頭を下げ、そそくさと店に入った。

「逃げられたか」

そう呟き、彦十郎は苦笑いを浮かべて、白粉屋の店先から離れた。

彦十郎はさらに福寿屋の近くを歩き、道沿いにあった店の者に話を聞いた。その結果、福寿屋の女将の名はおれんで、稲五郎の情婦らしいことが知れた。

彦十郎が聞き込みを始めて一刻（二時間）ほど経ったので、集まる場所にもどると、神崎、猪七、お京の三人が待っていた。

「すまん、遅れたようだ」

彦十郎は、「おれから話す」と言い、福寿屋の近くで耳にしたことを一通り神崎たち三人に話した。

「あっしは、稲五郎が福寿屋に出入りしていることを聞きやした」

猪七がそう前置きし、福寿屋の女将のおれんは、稲五郎の情婦らしいことを聞いたと言い添えた。

「あたしも、おれんは稲五郎の情婦だと聞きましたよ」

そう言って、お京は男たちに目をやり、

「おれんは、吉松屋にいたことがあるそうです。そのころは女中で、稲五郎が手を付けたようですよ」

と、言い添えた。

「おはつとおうめが、福寿屋にいるかどうか、聞いた者はいないのか」

彦十郎が、もっとも知りたいのは、攫われたふたりの娘の居所だった。

「それらしい娘のことを耳にはしたが、おはつとおうめかどうか、はっきりしないのだ」

神崎が言うと、その場に集まった三人の目が神崎にむけられた。

「福寿屋の裏手にある別棟に、ちかごろ、禿のような娘がふたりいるのを見た者がいるようだ。おれが聞いたのは、通り沿いにあった下駄屋の親爺でな。下駄を買いにきた福寿屋の若い衆らしい男が、仲間と話しているのを耳にしたらしい」

神崎は、自信なそうな声で話した。

「いずれにしろ、福寿屋の裏手の別棟に、禿のような娘がふたりいることはまちがいないようだ」

ふたりの娘はおはつとおうめとみて、いいのではないか、と彦十郎は思った。

「暗くなったら、裏手に忍び込んでみやすか」

猪七が言った。

「それも手だな」

彦十郎は、西の空に目をやった。

陽は、西の家並の向こうに沈みかけていた。あと、半刻もすれば、辺りは夕闇につつまれるだろう。

「どうだ、暗くなるまで間がある。近くで、腹拵《はらごしら》えでもしてこないか」

「いいねえ。行きましょうよ」

お京が、男たちに目をやって言った。

7

彦十郎たちは、通り沿いにあったそば屋に立ち寄った。そこで、そばをたぐり、一杯飲んでから店を出ると、辺りは濃い夕闇に染まっていた。

彦十郎たちは、福寿屋の近くまで行ってみた。二階の座敷に灯が点《とも》り、かすかに嬌《きょう》声《せい》や男の濁声《だみごえ》などが聞こえてきた。

店の脇から裏手を覗くと、裏手の別棟にも灯の色があった。客が入っているらしく、かすかに人声が聞こえたが、声の主が男か女か分かるだけだった。女の声の主が、年配なのか若いのかも聞き取れない。

「どうしやす」

猪七が訊いた。

た。

「もうすこし暗くなったら、忍び込んでみよう」

彦十郎は、小半刻（三十分）もすれば、辺りは深い夜陰につつまれるだろうと思った。

彦十郎、神崎、猪七の三人が、辺りが夜陰につつまれるのを待って福寿屋に向かった。お京は、福寿屋の近くの物陰で待ってもらうことにした。福寿屋の者に気付かれ、襲われるようなことになると、お京を守りきれないと思ったのだ。それに、お京の色白の顔や首筋が、闇のなかに白く浮き上がったように見えるのだ。

彦十郎たち三人は、足音を忍ばせて福寿屋に近付いた。

「そこから、裏手にまわれやすぜ」

猪七が、福寿屋の脇を指差して言った。地面が踏み固められ、裏手につづく小径《こみち》のようになっていた。そこから、裏手の別棟に行き来する者がいるのだろう。

曇天のせいもあって、辺りの闇は深かった。ただ、福寿屋から洩れる灯が、裏手にまわる小径をぼんやり照らし出してくれていた。

表の福寿屋のあちこちから、男と女の笑い声や話し声などが聞こえてきた。客と女郎の声であろう。

彦十郎たちは、福寿屋の脇から裏手にまわった。別棟は表の店とちがって華やいだ感じがなかった。静かである。それでも、二階の座敷には灯の色があり、男と女のくぐもったような声が聞こえてきた。

彦十郎たちは、別棟に身を寄せて聞き耳を立てた。座敷から洩れてくる人声と物音を耳にし、なかに若い娘がいるかどうか聞き取ろうとしたのだ。

だが、かすかに聞こえてくる女と客のやりとりから、女郎がいることは分かったが、禿や十歳前後の少女がいるかどうか、はっきりしなかった。

「踏み込みやすか」

猪七が声をひそめて言った。

「おはつたちが、いるかどうか分からない店に踏み込んで、見つからなかったら、助ける機会を失うぞ。それに、下手に踏み込むと、おれたちが返り討ちになる恐れがある」

彦十郎が言った。まだ、別棟に稲五郎の子分がどれほどいるのか、つかんでいなかったのだ。

「おはつとおうめが、ここにいるかどうか、摑むのが先だな」

神崎が言った。

「いつになるか分からないが、ここを出る客から話を訊いてみよう」

彦十郎たちは、別棟の脇に植えてあった椿《つばき》の樹陰に身を隠した。そこは夜陰が深く、彦十郎たちの姿を隠してくれた。

それから、一刻（二時間）ほど経ったが、別棟から客らしい男は出てこなかった。姿を見せたのは若い衆らしい男ひとりで、福寿屋の脇の小径から店の前の通りに出ていった。

「出てこねえなァ」

猪七が、つぶやいたときだった。

「見ろ！　客だ」

彦十郎が声を殺して言った。

別棟の戸口から商家の旦那ふうの男が、ひとり出てきた。四十がらみと思われる恰《かっ》幅《ぷく》のいい男である。その男につづいて、女郎らしい女と若い衆が姿を見せた。若い衆は提灯を持っていた。ふたりは、客を見送りに店から出てきたらしい。

「また、来ますよ」

旦那ふうの男が女に声をかけて、その場を離れた。若い衆は先にたって、旦那ふうの男の足元を提灯で照らしている。

ふたりが、福寿屋の脇までいくと、その姿が見えなくなった。

「跡を尾けるぞ」

彦十郎が言い、椿の樹陰から出た。

旦那ふうの男と若い衆の姿は、闇に閉ざされて見えなかった。夜陰のなかに提灯の明かりだけが、くっきりと見える。その明かりを、彦十郎たちは尾けた。

彦十郎たちが福寿屋の前の通りまで出ると、店の灯で、ふたりの男の姿が闇のなかに浮かび上がったように見えた。ふたりは、通りを西仲町の方に向かって歩いていく。

そのとき、お京が姿を見せ、彦十郎たちにくわわった。お京は、彦十郎たちが提灯を持っている男を尾けているのに気付いたらしい。

「間をつめるぞ」

そう言って、彦十郎が足を速めた。福寿屋の前を過ぎると急に闇が濃くなり、近付いても気付かれる恐れはなかった。

彦十郎たちが、福寿屋の前を通り過ぎて間もなく、福寿屋の店先から若い衆らしい男がひとり姿を見せた。客の呼び込みでもやるつもりだったのであろうか。

若い衆は、遠ざかっていく提灯を目にした。同時に、提灯を持った男の後方にいくつかの人影があるのに気付いた。

「うちの客の跡を尾けているのかもしれねえ」

男はつぶやき、小走りに遠ざかっていく提灯の明かりを追った。

彦十郎たちは前を行くふたりの男に気をとられていたこともあって、背後から尾けてくる男には気付かなかった。

彦十郎たちの前を行くふたりは、西仲町の通りに入ると足をとめた。そして、若い衆が旦那ふうの男に提灯を手渡した。見送りは、ここまでということらしい。

若い衆は、足早にもどってきた。福寿屋にもどるのだろう。

彦十郎たちは、慌てて路傍の暗がりに姿を隠した。そして、若い衆をやり過ごすと、

「前を行く客の男を尾けるぞ」

そう彦十郎が言い、旦那ふうの男を尾け始めた。

彦十郎は、客である旦那ふうの男から話を訊こうと思ったのだ。そのために、夜になるのを待って、福寿屋の裏手にある別棟を探っていたのだ。

8

彦十郎たちは、旦那ふうの男が通り沿いにある土蔵造りの店の前に立ち、脇のくぐりから入っていくのを目にした。

「あの店のあるじらしい」

彦十郎が言った。

彦十郎、神崎、猪七、お京の四人は、店の前まで来た。

店の軒下の掛看板に大きな文字で、「両替　長田屋《おさだや》」と書かれてあるのが読み取れた。両替屋らしい。

「どうする」

神崎が彦十郎に訊いた。

「今夜は、ここまでだな」

彦十郎は、明日にもこの場に来て、店に入った男から、福寿屋の別棟に禿らしい少女がいたかどうか聞こうと思った。そして、おはつとおうめがいると分かれば、鶴亀横丁に住む他の男の手も借りて、おはつたちを助け出すのだ。

横丁には、佐島屋八之助という腕のたつ武士が住んでいた。すでに、還暦にちかい老齢で、遠出や長時間歩きまわったりするのは無理だが、ならず者たちとの闘いには、頼りになる男である。彦十郎は、佐島の手を借りようと思ったのだ。

彦十郎たちは、西仲町の通りを広小路の方に向かって歩いた。福寿屋にもどらず、鶴亀横丁に帰るつもりだった。

彦十郎たちの跡を尾けている男がふたりいた。福寿屋の店先から彦十郎たちの跡を尾けてきた男と、提灯を手にして客を送ってきた男である。

ふたりの男は、彦十郎たちが鶴亀横丁に入るのを目にすると、足をとめ、

「こいつらか。辰造兄いが攫った小娘の居所を探っているのは」

と、福寿屋の店先から跡を尾けてきた男がつぶやき、もうひとりの男とともに踵を返した。

翌朝、彦十郎が帳場の奥の座敷で朝飯を食い、おしげが淹れてくれた茶を飲んでいると、平兵衛が顔を見せ、

「おあきさんが、見えてますよ」

と、声をひそめて言った。

「てまえには、分かりません。風間さまに、お訊きしたいことがおありだそうで」

「何の用かな」

「行ってみよう」

彦十郎は残っている茶を飲み干して腰を上げた。

平兵衛は、戸口近くまでいっしょに来たが、

「帳場にいますから、何かあったら声をかけてくだされ」

と小声で言い、帳場にもどった。遠慮したらしい。

彦十郎は、戸口に立っているおあきに近寄った。おあきは思いつめたような顔をして立っている。

彦十郎はおあきと顔を合わせると、

「おあきさん、何かあったのか」

すぐに、訊いた。

「わたし、おはつちゃんたちのことが心配で……。か、風間さま、おはつちゃんとおうめちゃんは、まだ見つかりませんか」

おあきが、声を詰まらせて訊いた。どうやら、おあきは、攫われたふたりの娘のことが心配で様子を訊きにきたらしい。

「いまな、神崎たちといっしょにふたりを探している。浅草寺界隈にいるらしいのだが、まだ居場所をつきとめられないのだ」

彦十郎は、福寿屋の裏手の別棟におはつとおうめがいるかどうか、はっきりしなかったので、そう言っておいたのだ。

「ふたりは、元気でしょうか」

おあきが、心配そうな顔で訊いた。

「元気でいるはずだ」

彦十郎は、辰造や稲五郎が、おはつやおうめに怪我《けが》をさせるようなことはしないとみていた。辰造たちにとって、攫った娘たちはいずれ大金を稼いでくれる大事な女である。重い病気や怪我をさせれば、金を稼ぐことができなくなる。

おあきは、戸惑うような顔をして口をとじていたが、

「風間さま、わたしにも手伝わせてください。風間さまたちといっしょに、おはつちゃんたちを探したいのです」

と、彦十郎に縋るような目をむけて言った。

「おあきさん、いまな、おはつたちの居所が知れそうなのだ。攫った者たちに気付かれないように、ひそかに動いている。それで、おあきさんに頼みがある」

彦十郎が声をひそめて言った。

「どんなことでも、わたしにできることならやります」

おあきが、身を乗り出すようにして言った。

「いまな、大事なことは、人攫いたちに横丁の動きが知れないようにすることなのだ。……おあきさん、何事もなかったように、手習所で子供たちの面倒を見ててくれ。横丁の者たちがふだんと変わりなく、やることが大事なのだ」

彦十郎は、秘事でも打ち明けるような物言いをした。彦十郎は、いまおあきといっしょに事件にあたることはできなかった。下手をすると、おあきが辰造たちに捕らえられ、それこそ女郎のように扱われるかもしれない。

おあきは、戸惑うような顔をして、

「そうします」

と、小声で言った。

「おあきさん、もうすこしの辛抱だ。おはつたちはきっと助け出す。それまで、待っていてくれ」

彦十郎が、真剣な顔をして言った。

「はい、風間さまのおっしゃるとおりにします」

おあきはそう言って、彦十郎に頭を下げた。

おあきの姿が遠ざかったとき、通りの先に神崎と猪七の姿が見えた。彦十郎はこれから神崎たちと西仲町にある長田屋に行き、あるじと会って、福寿屋の別棟に禿のような女の子がいるかどうか訊くつもりだった。

神崎と猪七は戸口にいる彦十郎を目にすると、急に足を速めた。自分たちのことを待っていると思ったようだ。

神崎たちは増富屋の戸口まで来ると、

「待たせたな」

すぐに、神崎が済まなそうな顔をして言った。

「いや、おれもここに出てきたばかりだ」

彦十郎は、おあきのことは口にせず、「出かけるか」とふたりに声をかけた。

今日、三人だけで行くことになっていた。お京は鶴亀横丁に残るのだ。長田屋に行って話を聞くだけなので、人数はいらなかったのである。

第四章　攻防

1

　彦十郎、神崎、猪七の三人は、増富屋を出て西仲町に向かった。長田屋へ出向き、あるじから、福寿屋の別棟に攫われたおはつとおうめがいるかどうか訊くためである。むろん、禿が、おはつとおうめという名を使ってはいないだろう。ただ、ふたりの名はちがっても、年恰好や顔付きを聞けば、おはつたちかどうか分かるはずである。

　彦十郎たちは、賑やかな浅草寺の門前の広小路から東仲町を経て、西仲町に入った。西仲町の表通りをいっとき歩くと、長田屋の前に出た。両替屋はひらいていた。長田屋は本両替である。

両替屋は本両替と脇両替とがある。本両替は大きな店が多く、金銀の交換をおこなっていた。また、両替の他にも、手形の振替、預金、貸付など、現代の銀行と同じような仕事をしている。

一方、脇両替は質屋、酒屋などをやっている店が多く、売り上げの銭を使って、金、銀貨と両替をしていた。

長田屋は本両替の店で、界隈でも名の知れた大店《おおだな》である。店は盛っているらしく、頻繁に客が出入りしていた。

彦十郎たちは、長田屋に入る前に近所の店で主人の名を訊くことにした。昨夜、店に帰ってきたのは、店の主人とみたからだ。

主人の名は、すぐに知れた。宗兵衛《そうべえ》である。念のため宗兵衛の年齢と体軀《たいく》を訊くと、四十がらみで、恰幅がいいという。昨夜、彦十郎たちが跡を尾けた男とみていいようだ。

彦十郎たちは、長田屋に入った。土間の先が、両替の場になっていて、何人かの手《て》代《だい》が、客を相手に算盤《そろばん》を弾いたり、金銀貨を交換したりしていた。その両替の場の奥に、帳場があった。帳場机を前にし、初老の男が座っていた。番頭らしい。番頭の後ろには、台秤《だいばかり》が置いてあった。その台秤で、金銀の重さを計るのである。どの両替屋も台秤を使うので、台秤は両替屋の象徴のように見られていた。

彦十郎たちが店に入って行くと、両替の場にいた手代が戸惑うような顔をして近付いてきた。武士ふたりと町人ひとりの三人連れだったので、両替のために来た客ではないとみたのかもしれない。

手代は彦十郎たちのそばに来て座り、

「両替の御用でしょうか」

と、小声で訊いた。武士たちは、別の用があってきたと思ったらしい。

「主人の宗兵衛に会いたいのだが……」

彦十郎が、声をひそめて言った。

「どのような御用件でしょうか」

手代が、不審そうな顔をして訊いた。見知らぬ武士がいきなり主人の名を出して、面会を求めたからだろう。

「昨夜のことで、訊きたいことがあるのだ。決して宗兵衛に迷惑をかけるようなことではない、と伝えてくれ」

「お待ちください。いま、主人《あるじ》は店におりませんので」

「店を出ているのか」

「いえ、二階におります。ともかく、番頭にお伝えします」

手代は慌てた様子で、両替の場の左手奥にある帳場に向かった。

手代は帳場にいた番頭のそばに行くと、彦十郎たちのことを伝えたらしく、すぐに番頭が立ち上がった。

番頭は彦十郎たちのそばに来ると、「番頭の房蔵《ふさぞう》でございます」と名乗った後、

「どのような御用件でしょうか」

と、声をあらためて訊いた。

「ここでは、話せないのだがな。主人の宗兵衛に、昨夜のことで訊きたいことがあると伝えてくれ。……それから、宗兵衛に迷惑がかかるようなことはないし、人助けのためだと話してくれ」

彦十郎が言った。

「主人にお伝えしますが、ここでお待ちください」

そう言って、番頭は立ち上がると、腰を屈めたまま足早に売り場を通り抜け、帳場の脇から奥に向かった。

彦十郎たちが上がり框に腰を下ろしていっとき待つと、番頭がもどってきた。

「お上がりになってください。主人は、奥の座敷でお会いしたいとのことです」

番頭はそう言って、彦十郎たち三人を売り場に上げた。

番頭が、彦十郎たちを連れていったのは、帳場の奥の座敷だった。だれもいなかったが、台秤が置いてあった。そこは、多額の両替にきた客のための座敷らしかった。

番頭は彦十郎たちに座るよう促した後、

「すぐに、主人を呼んでまいります」

と言い残し、慌てた様子で座敷を出ていった。

いっときすると、番頭が宗兵衛を連れてもどってきた。彦十郎たちは、宗兵衛を目にしていたので、すぐに分かった。

宗兵衛は対座すると、戸惑うような顔をして彦十郎たちを見た。宗兵衛は、彦十郎たちの顔を見るのは初めてなのだ。

「主人の宗兵衛でございます」

宗兵衛は名乗ってから、「どなた様でしょうか」と小声で訊いた。

「故あって、身分は名乗れぬが、風間彦十郎だ」

彦十郎は、口入れ屋の居《い》候《そうろう》とは口にできなかったのだ。

つづいて、神崎と猪七が名乗った。ふたりとも、口にしたのは名だけである。

彦十郎たちが名乗り終えると、宗兵衛の脇に座していた番頭が、「てまえは、店にもどりますので」と小声で言い、宗兵衛たちに頭を下げて、座敷から出ていった。

彦十郎は番頭の足音が遠ざかると、

「昨夜、福寿屋の前を通りかかってな、おまえが福寿屋の脇から出てきたのを目にしたのだ。裏手にある別棟からの帰りだな」

と、声をひそめて訊いた、
宗兵衛は驚いたような顔をして彦十郎を見たが、

「そ、そうです」

と、声をつまらせて言った。

「おれたちが知りたいのは、福寿屋の別棟にいる女のことなのだ。実は、人攫いに連れていかれた娘を探していてな、別棟にいるとみているのだ」

「女郎ですか」

宗兵衛が小声をひそめて訊いた。

「いや、まだ十歳ほどの娘でな。禿と、思ってもらえばいい」

「禿ですか」

「そうだ。福寿屋に吉原のように禿がいるとは思えぬが、それらしい十歳ほどの娘はいなかったかな」

彦十郎が訊いた。

神崎と猪七は、彦十郎と宗兵衛のやりとりに耳をかたむけている。

2

「おりました」

宗兵衛が、声をひそめて言った。自分の声が、他の部屋にいる者に聞こえないよう気を使っているらしい。

「いたか。それで、ふたりか」

すぐに、彦十郎が訊いた。神崎と猪七は、身を乗り出すようにして宗兵衛の次の言葉を待っている。

「四人いました」

「四人いたか」

彦十郎は、四人のなかに、おはつとおうめがいるとみた。彦十郎は、長助から吉松屋には、おはつとおうめの他にふたりいると聞いていたのだ。その四人が、吉松屋から福寿屋の裏手にある別棟に連れていかれたにちがいない。

次に口をひらく者がなく、座敷は重苦しい沈黙につつまれたが、

「その四人が、客をとるようなことはあるまいな」

彦十郎が、念を押すように訊いた。

「ございません。女郎の手伝いをしたり、膳を運んだりしているようです。……それに、てまえたちの座敷には、あまり姿を見せませんでした」

宗兵衛は、さらに声をひそめた。店の者に、女郎屋に行っていたことを知られたくないのだろう。

彦十郎は、口をつぐんでいっとき間を置いてから、

「ところで、別棟も福寿屋の女将が仕切っているのか」

と、訊いた。

「そう聞いてます」

「別棟にいる男は、若い衆ぐらいか」

「くわしいことは存じませんが、板場《いたば》にもいるかもしれません」

宗兵衛によると、別棟でも簡単な料理を出すという。

「そうか」

板場にいる男は、ひとりかふたりだろう、と彦十郎はみた。若い衆を加えても、た

いした人数ではない。ここにいる彦十郎たち三人に佐島がくわわれば、おはつたちを助け出せるはずだ。

「宗兵衛、福寿屋の者に会っても、しばらくおれたちのことは内緒にしてくれ」

彦十郎が、宗兵衛に目をやって言った。

「てまえは、しばらく福寿屋にはいきません。風間さまたちも、てまえが福寿屋に出かけたことは、内緒にして欲しいのですが……」

宗兵衛が、首をすくめて言った。

「安心しろ。宗兵衛のことは、口にせぬ」

彦十郎はそう言って、腰を上げた。神崎と猪七も立ち上がり、宗兵衛に見送られて長田屋を出た。


彦十郎たち三人が、長田屋の前から通りに出て歩き始めたとき、店の脇からふたりの男が通りに出てきた。そして、ひとりが彦十郎たちの跡を尾け始め、もうひとりは小走りに福寿屋に向かった。

彦十郎たち三人は、尾行者に気付かなかった。三人は、西仲町から東仲町に向かって歩いた。

「どうしやす。福寿屋の裏手の別棟を覗いてみやすか」

歩きながら、猪七が訊いた。

「いや、いったん横丁に帰り、おはつたちを助け出す相談をしよう。それに、佐島どのにも話して、手を借りたいからな」

彦十郎が言った。

「佐島どのにくわわってもらえば、平松や若い衆が福寿屋から別棟に駆け付けても何とかなるな」

神崎が歩きながらつぶやいた。

彦十郎たちは東仲町の町筋を通り、浅草寺門前の広小路に出た。いつものように、広小路は賑わっていた。様々な身分の者たちが行き交っている。

彦十郎たちが広小路から鶴亀横丁に入ったとき、後ろから尾けてきた男が足をとめた。

「やつら、増富屋に帰るようだ」

男はそう呟き、踵を返した。どうやら、彦十郎たちが、増富屋に出入りしていることを知っているようだ。

男は小走りに福寿屋に向かった。先にもどった男が、福寿屋で女将のおれんや平松に話しているはずだが、男は彦十郎たちが増富屋にもどったことを知らせようと思ったのだ。

彦十郎たちは増富屋に帰る途中、佐島の住む長屋に立ち寄った。佐島は老妻とふたりで住んでいた。彦十郎たちもくわしいことは知らなかったが、浅草寺近くに住む娘夫婦が、何とか佐島たちが暮らしていけるだけの合力をしているようだ。

彦十郎たちが佐島の住む家の腰高障子の前に立つと、なかで佐島と妻女の話している声が聞こえた。

「佐島どの、おられるか。風間彦十郎でござる」

と、腰高障子越しに声をかけた。彦十郎は三人も家に入り、妻女の手をわずらわせたくなかった。それに、老妻の前でできるような話ではないのだ。

家のなかで、「風間どのが、みえたようだ」という佐島の声が聞こえ、土間に下りる足音につづいて、腰高障子があいた。

「風間どの、何か用かな」

佐島が訊いた。

「ちと、頼みがあってな」

彦十郎は小声で言い、家にいる妻女に聞こえないようにすこし戸口から離れた。

「佐島どのは、横丁の娘がふたり、人攫いに連れていかれたのを知っておられるか」

彦十郎が訊いた。

「話は聞いている」

「実は、攫われた娘たちを何とか親の許《もと》に帰してやりたいと思って、色々探っていたのだが、やっと娘たちの居所が知れたのだ」

彦十郎が言った。

「知れたか。それは、よかった。わしも、心配していたのだ」

佐島が、ほっとしたような顔をした。

「居所は知れたが、まだ、助け出すことができない」

彦十郎は、人攫いの親分の稲五郎のことを話し、さらに、稲五郎の情婦のいる女郎屋の裏手の別棟に、ふたりの娘が監禁されていることを言い添えた。

「何とか、助け出してやりたいな」

佐島が言った。

「それで、佐島どのの手を借りたいのだ」

「わしにできることなら、何でもやるぞ」

佐島が身を乗り出して言った。

3

佐島と会った後、彦十郎、神崎、猪七の三人は、増富屋に向かった。増富屋で、あらためて明日の相談をしようと思ったのだ。

通りの先に増富屋が見えてきたとき、道沿いにあった搗米屋《つきごめや》の脇から、四人の男が飛び出してきた。三人は遊び人ふうの男で、ひとりは牢人体だった。四人とも手拭いで頬っかむりして、顔を隠している。

四人の男は、彦十郎たちの行く手に立ち塞がった。そのなかに、彦十郎の跡を尾けてきた男もいたが、彦十郎たちは知らなかった。

「何者だ！」

彦十郎が、鋭い声で誰何《すいか》した。

そのとき、別の店の脇から三人の男が飛び出してきて、彦十郎たちの背後にまわり込んだ。遊び人ふうの男がふたり、武士がひとりである。三人のなかに、彦十郎たちの跡を尾け、途中で福寿屋に向かった男がいた。その三人も、前方に立ち塞がった四人と同じように手拭いで頬っかむりしていた。

「平松か！」

彦十郎が声を上げた。

彦十郎は、背後から来た武士の体軀に見覚えがあった。顔を隠していたが、その体軀から平松源三郎と分かったのである。

「いかにも」

平松は否定しなかった。もっとも、彦十郎に看破されれば、否定しても意味はない。

「神崎、猪七、おれの後ろにまわれ！」

彦十郎がふたりに声をかけた。

すぐに、神崎と猪七が彦十郎の背後にまわった。そして、ふたりは彦十郎を背にして立った。前後から挟み撃ちになるのを避けるためである。

「やれ！」

平松が声をかけた。

すると、牢人体の武士や遊び人ふうの男たちが、彦十郎たち三人を取り囲むように立った。そして、手にした匕首や刀を、彦十郎たち三人にむけた。

近くを通りかかった者たちが悲鳴を上げて、ばらばらと逃げ散った。通り沿いの店先からも、叫び声が聞こえた。その声のなかには、彦十郎たち三人の名を口にする者もいた。同じ横丁の住人なので、彦十郎たちのことを知っているのだ。

彦十郎の前に、平松が立った。

「今日こそ、おぬしの腹を切り裂いてくれる」

言いざま、平松は遠間のまま上段に構えた。切っ先で天空を突くように、刀身をほぼ垂直に立てている。

対する彦十郎は青眼に構え、剣尖を平松の刀の柄を握った左拳にむけた。上段の構えに対応する構えである。

ふたりの間合は、三間ほどあった。一足一刀の斬撃の間境までは、かなりの間がある。

このとき、神崎はもうひとりの武士と対峙していた。牢人らしい。ふたりとも、青眼に構えている。

ふたりの間合は、およそ二間半――。まだ、一足一刀の斬撃の間境の外である。

ふたりは青眼に構え合ったまま対峙し、すぐに動かなかった。その神崎の左手に、匕首を手にした男がまわり込んできた。

匕首を握った右拳を顎の下にとり、背をすこし丸めている。目がつり上がり、獲物に飛び掛かっていく野犬のようだ。

神崎は牢人に声をかけた。

「さア、こい！」

神崎は腰の据わった隙のない構えだった。遣い手であり、こうした真剣勝負を何度も経験していたのだ。

対する牢人は、青眼に構えた切っ先をかすかに上下させていた。足も、わずかに前後に動かしている。変わった構えである。おそらく、道場の稽古で身につけた剣術ではなく、真剣勝負のなかで身につけた独自の剣法にちがいない。

神崎は、こうした相手を侮ると痛い目に遭うことを知っていた。真剣勝負のなかで身につけた剣は、真剣勝負のなかで思わぬ力を発揮するのだ。

「おぬしの首、おれが斬り落としてくれる！」

牢人は嘯くように言うと、青眼に構えたまま趾《あしゆび》を這《は》うように動かし、ジリジリと間合を狭めてきた。

対する神崎は、動かなかった。青眼に構えた剣尖を敵の目にむけたまま、ふたりの間合と牢人の斬撃の気配を読んでいる。

ふいに、牢人が寄り身をとめた。まだ、一足一刀の斬撃の間境まで半間ほどある。牢人は構えの崩れない神崎を見て、このまま斬撃の間境に踏み込むのは、危険だと察知したらしい。

イヤアッ！

突如、牢人が甲走った気合を発した。気合で神崎の気を乱し、構えを崩そうとしたのである。だが、この気合で牢人の切っ先が揺れ、構えが乱れた。

この一瞬の隙を、神崎がとらえた。

神崎は鋭い気合を発し、一歩踏み込みざま斬り込んだ。

青眼から袈裟《けさ》へ——。神速の斬り込みである。

咄嗟に、牢人は身を引いたが、間に合わなかった。

ザクリ、と牢人の肩から胸にかけて小袖が裂け、あらわになった肌から血が奔騰した。牢人は呻き声を上げてよろめいた。深い傷である。

牢人は刀を手にしたままよろめき、足がとまると、膝を折ってその場にうずくまった。胸の傷口から血が迸《ほとばし》り出ている。

これを見た他の男たちは、顔に恐怖の色を浮かべて後じさったが、逃げようとはしなかった。神崎から間をとって、取り囲むように立っている。

一方、猪七は神崎からすこし間をとり、十手を構えて匕首を手にしている遊び人ふうの男と対峙していた。

猪七の手にした十手が、小刻みに震えている。猪七は刀や長脇差を持ち歩くことがなかった。十手を遣ってのこうした闘いは苦手である。

「殺してやる！」

遊び人ふうの男が、匕首を手にしたまま猪七に迫ってきた。

4

彦十郎は青眼に構え、平松と対峙していた。平松は上段に構え、切っ先で天空を突くように刀身を垂直に立てている。

ふたりの間合は三間ほどあったが、牢人の呻き声が聞こえると、

「いくぞ！」

平松が仕掛けた。足裏で地面を擦るようにして、間合を狭めてくる。

……斬撃の間境まで、半間。

彦十郎がそう読んだとき、ふいに平松の動きがとまった。

平松は全身に気勢を込め、斬撃の気配を見せて気魄《きはく》で攻めた。彦十郎の気を乱してから、仕掛けようと思ったらしい。

そのとき、牢人につづいて遊び人ふうの男が悲鳴を上げた。神崎に斬られたのである。その悲鳴で、平松の気が乱れた。

この一瞬の隙を、彦十郎がとらえた。

タアッ！

鋭い気合を発し、彦十郎が斬り込んだ。

一歩踏み込んで、青眼から袈裟へ——。

だが、間合が遠いため、彦十郎の切っ先は平松にとどかなかった。切っ先は、平松の前で空を切って流れた。

彦十郎は、切っ先がとどかないことを承知して斬り込んだのだ。平松に斬り込ませるために、あえて遠間から仕掛けたのである。

次の瞬間、平松が斬り込んできた。

裂帛の気合を発し、上段から真っ向へ——。

彦十郎はわずかに身を引いて、平松の切っ先を躱《かわ》した。刹那、平松は踏み込みざま刀身を横に払った。

真っ向から横一文字へ――。提灯斬りである。

だが、この太刀筋を知っていた彦十郎は、わずかに身をひいて躱すと、突き込むように籠手《こて》へ斬り込んだ。

平松の右袖が、かすかに裂けた。彦十郎の切っ先が、平松の腕ではなく、袖を裂いたのだ。

次の瞬間、彦十郎は大きく平松との間合をとった。平松の上段からの斬り込みを避けるためである。

ふたりは大きく間合をとり、上段と青眼に構え合った。

「互角か」

平松がつぶやいた。

彦十郎も、互角とみた。だが、彦十郎には、提灯斬りの切っ先を浴びずに済んだという思いがあった。

そのとき、もうひとりの遊び人ふうの男が、悲鳴を上げてよろめいた。神崎の斬撃をあびたのである。その悲鳴を耳にした平松は、素早く後じさって彦十郎との間合を取り、

「風間、勝負、あずけたぞ」

と、声をかけて反転すると、抜き身を手にしたまま走りだした。

これを見た遊び人ふうの男たちは、神崎と猪七から身を引き、平松の後を追って走りだした。逃げたのである。

彦十郎は逃げる平松と遊び人ふうの男たちに目をやり、

「逃げ足の速いやつらだ」

と、つぶやき、手にした刀を鞘に納めた。

そのとき、神崎が、

「この男、まだ生きている！」

と、声を上げ、地面に横たわっている牢人の脇に屈み、手を牢人の背にあてがって助け起こした。

牢人は苦しげに顔をしかめ、低い呻き声を洩らしていた。牢人の小袖が肩から胸にかけてどっぷりと血を吸い、赤く染まっている。

「おぬしの名は」

神崎が訊いた。

牢人は顔をしかめたまま何も言わなかった。

「おれは、神崎弥五郎だが、おぬしの名は」

神崎が、声をあらためて訊いた。

「む、村沢泉兵衛《むらさわせんべえ》……」

牢人が、絞り出すような声で名乗った。

「村沢、だれに頼まれて、おれたちを襲った」

「親分だ」

「親分というのは、稲五郎だな」

「そ、そうだ」

村沢の喘《あえ》ぎ声が、大きくなった。顔を苦しげに歪めている。

「稲五郎は、どこにいる」

「じょ、女郎屋だ」

「並木町にある女郎屋だな」

神崎が念を押すように訊いた。

沢村は答えず、顔をしかめたままちいさくうなずいた。

神崎はそこまで訊くと、脇に立っていた彦十郎に目をやり、「何かあったら、訊いてくれ」と声をかけた。

すぐに、彦十郎は腰をかがめて、沢村の顔を見据え、

「女郎屋の裏手に別棟があるが、そこに十歳ほどの娘が四人いるな」

と、念を押すように訊いた。

「い、いる……」

沢村が喘ぎながら言った。

「四人の娘は、女衒の辰造が攫ってきたのだな」

「そ、そう聞いている」

「辰造の塒は、どこだ。まさか、並木町の女郎屋に住んでいるわけではあるまい」

彦十郎は、辰造が塒にいるとき捕らえたいと思っていた。

「な、三間町《さんげんちょう》に、情婦といっしょに住んでいると、聞いた」

沢村が、苦しげに顔をしかめて言った。喘ぎ声が激しくなり、肩を揺らしている。

「三間町のどこだ」

彦十郎が声を大きくして訊いた。三間町は広い町だった。三間町と分かっただけでは探しようがない。

沢村が何か言いかけたが、声にならなかった。

ふいに、沢村が背を反らせて身を硬くした。そして、沢村は顎を前に突き出すようにして苦しげな呻き声を洩らした。次の瞬間、沢村の体から力が抜け、急にぐったりとなった。息の音《ね》が聞こえない。

「死んだ」

彦十郎が、沢村の体を支えたまま小声で言った。

5

彦十郎たちが鶴亀横丁で平松たちと戦った翌朝、佐島が増富屋に顔を出した。

彦十郎は帳場の奥の座敷で、おしげが運んでくれた朝餉を食べ終え、茶を飲んでいたところだった。平兵衛から佐島が来たことを聞いた彦十郎は、すぐに刀を手にして帳場に向かった。

佐島は、彦十郎と顔を合わせると、

「神崎どのたちは、まだか」

すぐに、訊いた。

「まだだが、じきに来るはずだ」

彦十郎が言った。彦十郎たちは、福寿屋の別棟にいるおはつたち四人の娘を助け出すために、これから東仲町に向かうことになっていたのだ。

「そうか。では、待たせてもらうかな」

佐島は、帳場の上がり框に腰を下ろした。

佐島が増富屋に顔を出して、小半刻（三十分）も経ったろうか。猪七と神崎が姿を見せた。

「待たせたか」

神崎が、佐島に訊いた。

「いや、わしも来たばかりだ」

そう言って、佐島は腰を上げた。

彦十郎、神崎、佐島、猪七の四人は、平兵衛に見送られて増富屋を出た。

四人は、賑やかな浅草寺の門前の広小路を経て、東仲町に入った。表通りを南に向かい、道沿いにある福寿屋の近くまで来て、足をとめた。

「店は、ひらいているのかな」

彦十郎が小声で言った。

福寿屋の店先に、客の呼び込みのために立っている若い衆の姿がなかった。妙に静かである。

「あっしが、見てきやす」

そう言い残し、猪七が福寿屋に向かった。

猪七は通行人を装って福寿屋の前まで歩くと、すこし歩調を緩めたが、足をとめずに通り過ぎた。そして、半町ほど歩いたところで、踵を返し、彦十郎たちのいる場にもどってきた。

「どうだ、店の様子は」

すぐに、彦十郎が訊いた。

「店はひらいてやすが、ひっそりして客はいないようでさァ。店のなかから、女の声も聞こえねえ」

猪七が、首をひねりながら言った。

「まだ、早いからな。客は、これからかもしれん。裏手の別棟は、どうかな」

彦十郎は、別棟が気になった。

「裏手にまわってみるか」

神崎が言った。

「行ってみよう」

彦十郎たちは福寿屋の前を通り、店の脇から裏手に目をやった。別棟も、ひっそりとしていた。入口に、ひとの姿はなかった。格子戸がしまっている。

先にたった彦十郎は、福寿屋の脇から別棟に向かった。神崎、佐島、猪七の三人がつづいた。

彦十郎たちは、足音を忍ばせて別棟の入口に近寄った。ひっそりとして、物音も人声も聞こえない。

彦十郎たちは、入口の前で足をとめた。辺りに人影はなく、別棟は静寂につつまれていた。

「だれも、いないようだぞ」

彦十郎が言った。

「どういうことだ」

神崎が戸惑うような顔をした。

「逃げたのかもしれん」

佐島が言った。

「裏手に、まわってみるか」

そう言って、彦十郎が先にたち、別棟の脇へ足をむけた。別棟沿いをたどれば、裏手へ行けそうだ。

彦十郎たち四人は、別棟の裏手にまわった。裏手にも、人影はなかった。背戸のまわりが狭い空き地になっていて、その先に、別の家の板塀がまわしてあった。背戸から出ても、通りに出るためには、福寿屋の脇を通るしかないようだ。

彦十郎たちは、背戸に近付いた。そして、猪七が板戸に手をかけて引いたが、開かなかった。

「戸締まりが、してありやす」

そう言って、猪七が彦十郎たちに目をやった。

「どうやら、店をしめたようだ。ここにいた娘たちは、どこかへ連れていかれたのだろうな」

彦十郎が言った。親分の稲五郎や辰造は、彦十郎たちに察知されたと知って、娘たちを別の場所に連れていったようだ。

「どうする」

神崎が訊いた。

「福寿屋は、ひらいている。だれか、いるはずだ」

彦十郎が言った。福寿屋にいる者に訊けば、様子が知れるのではないかと思った。

「表にまわってみよう」

彦十郎たちは、来た道を引き返し、福寿屋の脇を通って表に出た。福寿屋の店先まで行くと、なかから足音や女の声が聞こえた。だれかいるようだ。

彦十郎たちは、店先からすこし離れた路傍に立った。

「だれか、いたな」

彦十郎が言った。

「女の声が聞こえやした」

そう言った猪七につづいて、

「わしは、男の声をきいたぞ」

と、佐島が言い添えた。

「店の片付けでもしているかもしれん」

彦十郎は、女将と若い衆が残っているのではないかと思った。

そのとき、福寿屋の店先に目をやっていた神崎が、

「出てきたぞ！」

と、昂った声で言った。

見ると、遊び人ふうの男がひとり、福寿屋の出入口から通りに出てきた。大きな風《ふ》呂敷《ろしき》包みを手にしている。

6

「おれが、話を訊いてみる」

そう言って、神崎が小走りに男の後を追った。

彦十郎たちも、神崎からすこし間をとって後につづいた。

神崎は男に近寄ると、「待て！」と声をかけた。男は足をとめ、驚いたような顔をして神崎を見た。

「あっしに、何か御用で」

男が、神崎に訊いた。二十二、三歳であろうか、面長で目の細い男である。

「ちと、訊きたいことがある。歩きながらでいい」

神崎が男に言った。

「いま、福寿屋から出てきたな」

「へい」

「福寿屋は、店をしめたのか」

「くわしいことは知りやせんが、事情があって、しばらく店をしめるそうでさァ。様子をみて、また店をひらくようですぜ」

男は、隠さずに話した。どうやら、神崎のことを知らないようだ。

「店の前を通ったら、女の声が聞こえたが、だれが残っているのだ」

神崎が訊いた。

「女将さんでさァ。……片付けをしてやす」

「店には、他にだれかいたのか」

「若い衆と、板場を預かっていた男だけでさァ」

男はすぐに答えた。神崎のことを客と思ったのだろう。

「店にいた女郎たちは、どうしたのだ」

神崎が、身を乗り出すようにして訊いた。

「店にはいねえ」

「どこに行ったのだ」

「あっしには、分からねえ」

「そうか」

神崎はいっとき口をつぐんでいたが、

「親分の稲五郎はどうした」

と、声をひそめて訊いた。

男は、戸惑うような顔をして神崎を見た。客と思っていた武士が、稲五郎のことを訊いたからだろう。

「店の若い衆に、稲五郎という親分がいると聞いたことがあるのだ」

神崎が小声で言った。

「親分は店を出やした。あっしは、親分がどこにいるか聞いてねえんで」

「そうか。ところで、店の裏手はどうなった。一度、裏手でも遊んだことがあるのだ。禿のような娘もいたな」

神崎が、世間話でもするような口調で訊いた。

「裏手の店も、表といっしょに店を閉じたそうでさァ」

「いい女がいたのだがな。どこへ、行ったのだ」

「あっしは、訊いてねえ」

男は、女郎たちの行き先も知らないらしい。おそらく、事情を知らない若い者を手伝いによこしたのだろう。

「辰造という男を知らないか」

神崎が辰造の名を出して訊いた。

「知ってやすよ。あっしは、辰造兄いに、頼まれたんでさァ」

男の声が大きくなった。

「そうか。辰造と知り合いか」

「知り合いってえほどでもねえが、何度か飲ませてもらったことがあるんでさァ」

男が照れたような顔をして言った。

「辰造はどこにいるのだ」

「塒は、知らねえ。昨日、広小路で兄いと顔を合わせやしてね。女郎屋にいって、残してきた着物を持ってきてくれ、と頼まれたんでさァ」

そう言って、男はすこし足を速めた。見ず知らずの男と話し過ぎたと思ったのかもしれない。

「すると、おまえは、これから辰造と会うのだな」

神崎の声が大きくなった。

「兄いが店にいるかどうか、分からねえ」

男によると、東仲町の広小路近くにある飲み屋に着物を持ってくるよう頼まれたという。その店にいなければ、親爺に預けてくれ、と言われているそうだ。

「その店は、どこにあるのだ」

さらに、神崎が訊いた。

すると、男の顔に不審そうな表情が浮いた。辰造のことを執拗に訊くので、ただの客ではないと思ったらしい。

「木村屋《きむらや》ってえ料理屋の近くでさァ」

そう言うと、男は急に足を速め、「あっしは、急いでやすんで」と言い残し、逃げるように神崎から離れた。

神崎が足をとめると、後ろから彦十郎たちが近付き、

「話は聞いたぞ。東仲町の飲み屋で訊けば、辰造の居所が知れるかもしれないな」

と、彦十郎が言った。辰造は、並木町に情婦といっしょに住んでいると聞いていたが、まだ塒はつかんでなかったのだ。

「これから、東仲町に行きやすか」

猪七が訊いた。

「どうだ、二手に分かれないか。おれと猪七で、もうすこし福寿屋を探ってみる。神崎と佐島どのは、東仲町にある飲み屋をあたってみてくれ」

彦十郎は、福寿屋に残っている女将や若い衆、それに板場を預かっている男から話を聞けば、稲五郎の居所が知れるのではないかとみたのだ。

「承知した」

神崎が言った。

彦十郎たちは別々に聞き込み、陽が沈むころに増富屋にもどることにして、その場で別れた。

7

彦十郎と猪七は、福寿屋の見えるところまで来て路傍に足をとめた。

「どうしやす」

猪七が訊いた。

「店にいる若い衆か女将に、話を訊くしかないな」

彦十郎はしばらく店を見張って、話の聞けそうな者が出てこなければ、店に踏み込んでもいいと思った。店にいるのは女将と若い衆、それに板場にいる男だけらしいので、猪七とふたりだけでも何とかなるとみたのだ。

彦十郎と猪七は福寿屋に近寄り、道沿いの店の脇に身を寄せて、話の聞けそうな者が出てくるのを待った。

ふたりはしばらく見張ったが、話の聞けそうな者は姿を見せなかった。彦十郎は福寿屋に踏み込むつもりで、歩きだした。そのとき、店の入口から男が姿を見せた。

「若い衆ですぜ」

猪七が言った。

姿を見せた若い衆は、手ぶらだった。通りに出て左右に目をやってから店先を離れた。都合よく、彦十郎たちのいる方へ歩いてくる。

「おれは、このまま男の前へ行く。猪七は、後ろへまわってくれ」

彦十郎が言った。

「へい！」

猪七は、急ぎ足になった。

若い衆は、足早に彦十郎たちのいる場に近付いてくる。彦十郎たちを目にしたはずだが、通行人と思ったようだ。

若い衆が五、六間ほどに近付いたとき、彦十郎と猪七はほぼ同時に走りだした。彦十郎は若い衆の前に、猪七は後ろにまわり込んだ。

若い衆が、ギョッとしたように立《た》ち竦《すく》んだ。その場に棒立ちになったまま、逃げようともしなかった。

彦十郎は、若い衆の前に立った。刀の柄に右手を添えていたが、抜くような気配はなかった。

「だ、だれだ！」

若い衆が声を震わせて訊いた。体も顫えている。

「おれたちといっしょに来い。福寿屋にいた女のことで、訊きたいことがあるのだ。おとなしくしていれば、手荒なことはせぬ」

彦十郎が穏やかな声で言った。

「……！」

男は何も言わなかった。ひき攣ったように顔を歪めている。

「実は、おれの知り合いの娘が福寿屋にいてな。その娘がどうなったのか、知りたいのだ」

「女の名は、分かりやすか」

男が訊いた。彦十郎から話を聞いて、話す気になったらしい。

「福寿屋の裏手の別棟にいた娘でな。まだ、十歳ほどの子供だ」

「禿《かむろ》ですかい」

「まァ、そうだ」

彦十郎は、裏手の別棟で、おはつたちが禿として扱われていたとは思わなかったが、否定はしなかった。

「親分が引き取ったと聞きやした」

「親分というと、稲五郎か」

彦十郎が、稲五郎の名を出した。

「そうでさァ」

「稲五郎が娘たちを引き取ったとすれば、並木町にある吉松屋か」

彦十郎が吉松屋の名を出して訊いた。

「よく、ご存じで」

男が驚いたような顔をした。

「知り合いの娘が攫われてな、色々探ったのだ」

そう言った後、彦十郎は、

「ところで、辰造はどうした。いま、どこにいるのだ」

と、声をあらためて訊いた。

「親分といっしょにいると聞きやした」

「吉松屋か」

「そうでさァ」

「ところで、辰造の塒はどこだ」

彦十郎は、辰造が吉松屋に寝泊まりしているとは思わなかったので、そう訊いたのだ。

「知らねえ。あっしは、辰造兄いのことは、よく知らねえんでさァ」

「塒は知らないか」

彦十郎は、男が嘘を言っているとは思わなかったので、猪七に目をやり、

「何かあったら、訊いてくれ」

と、声をかけた。

「平松ってえ、二本差しを知ってるかい」

猪七が訊いた。

「知ってやす」

「いま、どこにいる」

「親分といっしょに吉松屋にいると聞きやした」

「吉松屋が、平松の塒じゃァねえだろう」

「あっしは、親分といっしょにいると聞いてるだけでさァ。平松の旦那の塒が、どこ

にあるか知らねえ」

「そうかい」

猪七は身を引いた。男が嘘を言っているとは、思わなかったのだろう。

彦十郎はいっとき男と歩調を合わせて歩いていたが、

「おまえの名は」

と、訊いた。

「伊三郎《いさぶろう》でさァ」

男は隠さず名乗った。

「伊三郎、このまま帰してやるがな、ひとつだけ、話しておくことがある」

彦十郎が言った。

「何です」

伊三郎が、彦十郎に顔をむけて訊いた。

「いいか、命が惜しかったら、おれたちに話を訊かれたことは口にするな。稲五郎や子分たちに話せば、殺されるぞ」

「……！」

伊三郎の顔が、ひき攣ったように歪んだ。

「しばらく、稲五郎や子分たちから離れてるんだな」

「そ、そうしやす」

伊三郎が声を震わせて言った。

8

その日、彦十郎と猪七は並木町にある吉松屋の前を通り、店をひらいていることだけを確かめて鶴亀横丁に帰った。吉松屋を探るのは、明日である。

増富屋に神崎たちは帰ってなかったので、彦十郎と猪七は帳場の奥の座敷で神崎たちを待つことにした。

彦十郎たちが茶を飲みながらいっとき待つと、神崎と佐島がもどってきた。神崎はそうでもなかったが、佐島は疲れきったような顔をしていた。老齢なので、歩きまわるのは体にこたえるのだろう。

平兵衛がおしげに神崎たちにも茶を淹れるように話し、おしげが運んできた茶で神崎たちが喉を潤すのを待ってから、

「話してくだされ」

と、彦十郎たちに目をやって言った。

「先に、おれたちから話す」

彦十郎はそう言って、伊三郎から聞いたことを一通り話し、

「おはつたちは、並木町にある吉松屋にいるようだ」

と、言い添えた。

「そこに、稲五郎もいるのか」

佐島が訊いた。

「いるらしい。辰造も出入りしているはずだ」

彦十郎が言った。

「あっしらに福寿屋と裏手にある別棟を探られたのを知って、おはつたちを吉松屋に連れていったようでさァ」

猪七が言い添えた。

彦十郎と猪七の話が終わると、

「おれたちは、東仲町の飲み屋をあたってみた。飲み屋の親爺の話だと、辰造は飲み屋に着物を取りにきたそうだ」

神崎が言った。

「辰造の塒は、知れたのか」

彦十郎が訊いた。

「辰造は三間町に情婦《いろ》といっしょに住んでいるらしい」

「情婦の住む家が、どこにあるか分かっているのか」

さらに、彦十郎が訊いた。

「それが、分からないのだ。飲み屋の親爺は、辰造が情婦のところにいるらしいと話していたが、その家がどこにあるか知らないのだ」

神崎が言うと、つづいて佐島が、

「その情婦は、小料理屋をひらいているらしい。……三間町にある小料理屋をあたれば、辰造の居所がつかめるかもしれんぞ」

と、言い添えた。

「小料理屋か」

彦十郎は、難しいと思った。三間町は浅草でも広い町だった。情婦のやっている小料理屋というだけでは、探し出すのが難しいだろう。

彦十郎につづいて口をひらく者がなく、座敷が重苦しい沈黙につつまれたとき、

「おはつたちが吉松屋にいることが、分かったのです。先に、攫われた娘たちを助け

出したらどうです」

と、平兵衛が男たちに目をやって言った。

「そうしやしょう」

猪七が声高に言うと、座敷にいた彦十郎たち三人は、すぐに承知した。

「吉松屋には、若い衆や稲五郎の子分が何人もいるとみねばならぬ。迂闊に踏み込むと、攫われた娘たちを助け出すどころか、わしらが命を落とすことになるぞ」

佐島が顔を厳しくして言った。

「佐島どのの言う通りだ。よほど、用心してかからないと、おれたちが殺られる」

彦十郎が言った。

次に口をひらく者がなく、座敷が重苦しい沈黙につつまれたとき、

「並木町も人気《ひとけ》のない、寂しいときがありますよ」

平兵衛が言った。

その場にいた男たちの目が、いっせいに平兵衛に集まった。

「明け方ですよ。並木町は夜遅くまで賑やかで、多くの店がひらいています。そのかわり、朝が遅いんです」

平兵衛によると、夜が明けても、早朝はほとんどの店が表戸を閉めていて、店の者

は寝込んでいるという。

「明け方踏み込めば、寝込みを襲えるというわけだな」

彦十郎が言った。

「そうです。しかも、店内にいるのはすくないはずです。主人の家族と住み込みの奉公人、それに女郎たちだけですよ」

「よし、明け方、吉松屋に踏み込もう」

彦十郎が言うと、その場にいた男たちも承知した。

その後、彦十郎たちは吉松屋に踏み込む相談をした。踏み込むのは、三日後の明け方と決めた。それまで、彦十郎たちの手で吉松屋を探り、おはつとおうめが、どこにいるか探るのだ。ふたりの居所がはっきりしないと、吉松屋に踏み込んでも助け出すのが難しい。

話が済むと、平兵衛が、

「今日は、ゆっくり休んでくだされ」

そう言って、神崎、佐島、猪七の三人を送り出した。

店に残った彦十郎が、塒にしている二階の座敷にもどって一休みしようと思い、戸口から離れようとすると、

「風間さま、ちと、気になることがあるんですがね」

平兵衛が小声で言った。

「なんだ」

彦十郎は足をとめて振り返った。

「稲五郎たちは、風間さまたちに目をひからせているはずです。吉松屋に踏み込んで討とうとすると、おはつとおうめを隠すのではなく、ふたりを盾にして逆に襲ってくるかもしれませんよ」

「おはつとおうめは、人質ということか」

「そうです。稲五郎たちが、おはつとおうめをそばに置いて連れ回しているのは、いざとなったら、人質にする気があるからではないですかね」

「平兵衛の言うとおりだ。……おはつたちが吉松屋にいると知れても、迂闊に仕掛けられないわけだな」

「はい、まず、おはつたちを助け出す手を考えて仕掛けませんと、返り討ちに遭う恐れがあります」

平兵衛が、いつになく険しい顔をして言った。

第五章　救出

1

彦十郎は帳場の奥の座敷で朝餉を終え、おしげの淹れてくれた茶を飲んでいた。そこへ、猪七が顔を出した。

「出かけるか」

そう言って、彦十郎は湯飲みの茶を飲み干した。

彦十郎は猪七とふたりで並木町に出かけ、吉松屋を探ることになっていた。神崎と佐島も並木町に行くはずである。ただ、神崎たちは、彦十郎たちと別々に行動する。手分けした方が聞き込みにまわりやすいし、稲五郎たちの目にも触れないだろう。

彦十郎は、ふだんと身装《みなり》を変えていた。小袖にたっつけ袴で、網代笠をかぶっていた。旅装の武士のように見える。稲五郎の子分たちが目にとめても、彦十郎と分からないだろう。

猪七も、身装を変えていた。腰切半纏に黒股引姿だった。大工か屋根葺きに見えるはずだ。

平兵衛は彦十郎たちと戸口まで来て、

「お気をつけて」

と声をかけ、ふたりを送り出した。

彦十郎と猪七は、鶴亀横丁から賑やかな浅草寺の門前の広小路に出た。そして、門前通りに入り、南に向かった。

ふたりは並木町を歩き、通り沿いにあるそば屋の大黒屋の近くまで来ると、路傍に足をとめた。大黒屋の脇の道を入った先に吉松屋はある。

「変わりないな」

彦十郎が言った。大黒屋付近に、変わった様子はなかった。

「吉松屋の近くまでいってみやすか」

そう言って、猪七が先にたった。

彦十郎と猪七は、大黒屋の脇の道に入った。その道も人通りが多かった。参詣客や遊山客が行き交っている。

いっとき歩くと、道沿いにある吉松屋が見えてきた。彦十郎と猪七は、路傍に足をとめて吉松屋に目をやった。

「店はひらいているようだ」

彦十郎が言った。吉松屋の店先に妓夫がいて、通りかかる男に目をやっている。

「どうしやす」

猪七が訊いた。

「吉松屋の客に、なかの様子を訊いてみたいが」

彦十郎が言った。午前中は、客がすくないはずだ。女郎と遊んで店を出てくるのは、午後だろう。ただ、昨夜泊まった客は、朝のうちに出てくるかもしれない。

「ここで、客が出てくるのを待ちやすか」

猪七が言った。

「そうしよう」

彦十郎と猪七は、道沿いにあった下駄屋の脇に身を隠した。

彦十郎たちがその場に身を隠して、半刻（一時間）ほど経った。話の聞けそうな客は、出てこない。

「出てこねえなァ」

猪七が、両手を突き上げて伸びをした。

そのとき、店先にいた妓夫に送られて、年配の男が店から出てきた。町人である。羽織に小袖姿だった。商家の主人らしい感じがする。

「あの男に、訊いてみやすか」

猪七が言った。

「おれが、訊いてみる」

彦十郎は、猪七をその場に残して通りに出た。

商家の旦那ふうの男は、彦十郎のいる方へ歩いてくる。昨夜の遊びで疲れたのか、足取りが重かった。

彦十郎は男が近付くのを待って、

「ちと、訊きたいことがある」

と、声をかけた。

男は驚いたような顔をして彦十郎を見た。体が震えている。彦十郎を無頼牢人と見て、斬り殺されると思ったのかもしれない。

「済まぬ、驚かせたようだ」

彦十郎が、愛想笑いを浮かべて言った。

すぐに、男の顔から怯《おび》えの色が消え、

「お武家さま、何か御用でしょうか」

と、小声で訊いた。

「いま、吉松屋から出てきたな」

「は、はい」

「実は、おれも遊びたいと思って来たのだが、吉松屋は初めてなのだ。それで、なかの様子を訊いてみようと思ってな」

「そうですか」

男の顔に、笑みが浮いた。

「歩きながらでいい。……なかの様子を話してくれんか」

そう言って、彦十郎が歩きだすと、男は肩を並べて歩いた。

「おれは、年増より、若い女《こ》がいいのだ」

彦十郎が言った。

「若い女も、おりますよ」

「そうか。……禿はいるか」

彦十郎が、声をひそめて訊いた。

「禿ですか。ずいぶん若い女が、お好みで」

男がニヤリとした。

「吉松屋に、禿はいないか」

彦十郎が、念を押すように訊いた。

するると、男はさらに彦十郎に身を寄せ、

「おりますよ」

と、声をひそめて言った。

「それで。何人いる」

「てまえは、若過ぎる女は呼んだことがないので、くわしいことは存じませんが、
三、四人ではないでしょうか」
「三、四人か。……その女たちは、客の相手はしないのか」

「まだ、若過ぎますよ。女郎の見習いのようなものですから」

「それで、ふだん女郎や禿はどこにいるのだ」

彦十郎は、禿たちの居所を知りたかったのだ。

「二階ですよ」

そう応えた男の顔に、不審そうな色が浮いた。彦十郎が根掘り葉掘り訊くので、ただの客ではないと思ったようだ。

「いい話を聞いた。おれも、吉松屋で遊んでみよう」

彦十郎はそう言って、足をとめた。これ以上訊くと、ぼろが出る。それに、訊きたいことは、あらかた聞けたのだ。

男は急に足を速め、彦十郎から遠ざかっていった。

猪七が背後から彦十郎に走り寄り、

「旦那、うまく聞き出しやしたね」

と、声をかけた。彦十郎と男のやりとりが聞こえていたようだ。

2

彦十郎と猪七は、さらに店から出てきた客をつかまえて話を訊いた。おはつとおうめらしい禿のこと、店の主人の稲五郎や若い衆、それに平松と辰造が店にいるかどうかも訊いた。

彦十郎と猪七は、客だけでなく通りかかった男からも話を訊いたが、新たに知れたのは稲五郎の居場所だけだった。稲五郎は、ふだん一階の帳場の奥の部屋にいるようだ。

「旦那、どうしやす」

猪七が訊いた。

「もうすこし、店のなかの様子が知りたい」

彦十郎が言った。

「近所の者に、訊いてみやすか。店に出入りしている者がいれば、様子が知れるはずですぜ」

「そうだな。手分けして、訊いてみるか」

彦十郎と猪七は、すこし吉松屋から離れた。稲五郎や若い衆に気付かれないためである。

彦十郎はひとりになると、歩きながら道沿いにあった酒屋や八百屋などに目をむけ、吉松屋に縁のありそうな店に立ち寄って話を訊いてみた。

一方、猪七は並木町の表通りに出て、吉松屋のこと訊いているようだった。

ふたりが別々に聞き込んだ結果、ふだん稲五郎と若い衆のいる場が知れた。稲五郎は、一階の帳場の奥の部屋にいることが多いようだ。若い衆は、ふだん店の奥の板場のそばの部屋にいるという。ただ、若い衆は妓夫もいれて、四人とのことだったので、それほど警戒する必要はなさそうだ。

「平松のことで、何か知れたか」

彦十郎が、猪七に訊いた。彦十郎は平松が吉松屋に出入りしていることは聞いたが、ちかごろ店にいるのか、つかめなかったのだ。

「魚屋の親爺に、武士が吉松屋で寝泊まりしていることを聞きやした。平松は、二階の板場近くの部屋にいるようですぜ」

「いまも、吉松屋にいるとみていいな」

「へい」

「辰造はどうだ」

彦十郎は、辰造がどこにいるのか摑んでなかった。

「辰造は、吉松屋にいないことが多いようですぜ」

猪七が言った。

「ふだん、どこにいるのだ」

「それが、分からねえんでさァ」

猪七が訊いた男のなかに、辰造のことを知っている者はいなかったという。

「情婦《いろ》のところにいるのではないか」

彦十郎は沢村から、辰造は三間町の情婦のところにいる、と聞いていた。ただ、その情婦の住家が、三間町のどこにあるのか分からなかった。

「稲五郎や子分を捕らえて、訊けば分かりやすよ」

猪七が言った。

彦十郎と猪七は、いったん吉松屋の近くにもどり、店の様子を窺《うかが》ってから鶴亀横丁にもどった。

彦十郎と猪七が、増富屋の帳場の奥の座敷で探ったことを話していると、神崎と佐島が帰ってきた。

彦十郎は神崎たちが腰を下ろすのを待って、

「だいぶ様子が、知れたぞ」

そう言って、猪七とふたり探ったことを一通り話した。

「おれたちも、店に禿がいることは聞いた。四人いるそうだ。ふたりはちかごろ店に来たばかりらしいので、おはつとおうめとみていいのではないか」

神崎が言った。

「そうだな」

彦十郎も、おはつとおうめは、吉松屋にいるとみた。

神崎が口をつぐんだとき、

「辰造の居所が知れなかったのだが、何か耳にしたか」

と、彦十郎が声をあらためて訊いた。

「辰造は、情婦《いろ》のところにいるようだが、三間町と分かっただけなのだ」

神崎が言った。

「吉松屋に来ていなければ、稲五郎や若い衆を捕らえて話を訊けば、辰造の居所も知れるな」

彦十郎は、稲五郎なら辰造の居所を知っているとみた。

次に話をする者がなく、座敷が急に静かになった。

「それで、いつ吉松屋に踏み込みますか」

平兵衛が男たちに目をやって訊いた。

「早い方がいいな。明後日《あさって》は、どうだ」

彦十郎は、明日中に吉松屋に踏み込む者を決め、翌日の早朝、まだ夜が明けきらないころを狙って踏み込むつもりだった。

「吉松屋には、だれが行きます」

平兵衛がその場にいる彦十郎たちに目をやって訊いた。

「この場にいる四人、それにお京」

彦十郎はそう言った後、

「おあきにも、頼むかな。ただし、お京とおあきは吉松屋には入らず、店の外にいて助け出したおはつとおうめを預かってもらうだけだ」

と、言い添えた。彦十郎は、おあきも、おはつたちを助け出すために何かしたいだろう、と思ったのだ。

「川内《かわうち》どのの手も借りるか」

佐島が言った。

川内三郎《さぶろう》は、鶴亀横丁の住人ではなかった。西仲町の長屋で暮らしている。佐島の友人で、剣の遣い手であった。これまでも、川内は彦十郎たちに手を貸してくれ、いっしょに戦ったことがあったのだ。

「佐島どのから、話してくれるか」

彦十郎が佐島に訊いた。

「承知した。今日のうちに話しておこう」

佐島が言った。

それで、彦十郎たちの相談は終わった。明後日の寅《とら》ノ刻（午前四時）ごろ、浅草寺の門前に集まるように話して別れた。ふだんは賑やかな門前も、寅ノ刻ごろなら人影はないはずだ。

3

その日、彦十郎はめずらしく子《ね》ノ刻（午前零時）ごろ二階から下りてきた。吉松屋に踏み込む日だったので、気が昂っていて目が覚めたらしい。

平兵衛とおしげも起きてきて、おしげが彦十郎のために昨日炊いておいた飯を湯漬にしてくれた。

彦十郎が腹拵えをしていっときしたとき、戸口に近寄る足音がし、「風間さま」と呼ぶおあきの声がした。

彦十郎と平兵衛が戸口に行くと、おあきと父親の中西桑兵衛の姿があった。昨日、彦十郎は手習所に行き、攫われたおはつとおうめを助けに行くと話したのだ。すると、おあきが、「わたしも、行きます」と自分から言い、彦十郎はすぐに承知した。

彦十郎は初めから、おあきとお京を連れていくつもりで、おあきに会いに行ったのだ。

父親の中西は、娘のことが心配でいっしょに来たようだ。

「中西どの、おあきどのには、離れた場にいてもらい、助け出したおはつとおうめを預かってもらうだけだ。それに、おあきどのだけでなく、お京もいっしょに行ってもらう」

彦十郎は、お京の名も出して中西に話した。

「それなら、安心です」

中西は、ほっとした顔をした。

「ともかく、入ってくだされ」

平兵衛が、おあきと中西をなかに入れた。

それからいっときして、猪七とお京が姿を見せた。ふたりは直接浅草寺の雷門の前に集まらず、増富屋に立ち寄ったらしい。

彦十郎、猪七、おあき、お京の四人は、平兵衛と中西に見送られて増富屋を出た。外は夜陰につつまれていた。猪七の手にした提灯の明かりで、四人の姿が闇のなかに浮き上がったように見えた。

彦十郎たちは、浅草寺の門前の広小路に出た。広小路はふだん大勢のひとが行き来し、歩く場もないほど賑わっているのだが、いまは人影がなかった。静寂につつまれ、風音が妙に大きく聞こえる。

「神崎の旦那だよ」

お京が、浅草寺の雷門を指差して言った。

門前に、神崎の姿があった。佐島と川内は、まだ来てないらしい。彦十郎たちも雷門の前に立ち、佐島たちが来るのを待った。

彦十郎たちがその場に着いていっときしたとき、夜陰のなかに提灯の明かりが見えた。佐島と川内が足早に近付いてくる。

「済まぬ。遅れたようだ」

佐島が言うと、川内も済まなそうな顔をして頭を下げた。総勢七人。これで、顔をそろえたのだ。

「行くぞ」

彦十郎が声をかけ、浅草寺の門前通りを南に向かった。

日中、門前通りは大勢の参詣客や遊山客が行き交っているのだが、いまはまったく人影がなかった。通り沿いの店は表戸をしめ、洩れてくる灯もなく、ひっそりと寝静まっている。

彦十郎たちは、大黒屋の脇の道に入った。その道も、人影がなかった。提灯と月明かりがあるので歩けたが、店や樹木の陰に入ると、闇が深くなったように感じられる。

「あれが、吉松屋だ」

彦十郎が、前方を指差して言った。

吉松屋は夜陰につつまれ、夜空に黒い輪郭だけが見えた。

彦十郎たちは、吉松屋の前まで来て足をとめた。

「見ろ、灯《ひ》が点っている」

彦十郎が、吉松屋の二階を指差して言った。障子がかすかに明らんでいる。行燈か燭台《しょくだい》の灯であろう。

「だれか、起きているようだ」

佐島が言った。

店の二階から、かすかに人声が聞こえた。女らしい。くぐもったような声で、何を話しているのか聞き取れなかった。子供なのか、年増なのかも分からない。

「踏み込むぞ」

彦十郎が小声で言った。

すぐに、彦十郎と猪七が店の入口に近付いた。

格子戸がしまっていた。猪七が手をかけて引くと、すこし開いた。女郎屋には夜になって帰る客もいれば、朝帰りの客もいる。それで、吉松屋の出入口の戸は開くようになっているらしい。

彦十郎たちは念のため、出入口の戸を破るために鉈《なた》を用意してきたが、使う必要はなさそうだ。

お京とおあきは、戸口からすこし離れた場にとどまり、彦十郎、猪七、神崎、佐島、川内の五人が、店のなかに入った。

店のなかは暗かったが、土間の先の狭い板間の脇にある燭台の火が、ぼんやりと辺りを照らしていた。

辺りに人影はなかったが、二階からかすかに物音が聞こえた。起きている者がいるのかもしれない。

板間の左手奥に、二階に上がる階段があった。

「おはつたちがいるのは、二階だ」

彦十郎が声を殺して言った。

彦十郎と猪七が板間に上がり、神崎たち三人がつづいた。彦十郎たちは、足音を忍ばせて階段を上がった。

二階に上がると、長い廊下があり、左手に障子がたててあった。廊下沿いに、何部屋かあるらしい。

それらの部屋から夜具を動かすような音や鼾《いびき》、それに女の声がかすかに聞こえた。彦十郎たちが、外にいるとき聞こえた声らしい。

「いくぞ」

彦十郎が声を殺して言い、忍び足で廊下を奥に向かった。背後に猪七たち、四人がつづいた。

彦十郎は、階段に近い部屋の前で足をとめた。障子が明らんでいる。行燈に火が点っているのかもしれない。

彦十郎は障子越しになかの気配を窺った。

……眠っているようだ。

彦十郎は、鼾と寝息を聞き取った。ふたりいるらしい。

4

彦十郎が、そっと障子を開けた。

部屋の隅に置かれた行燈に、部屋のなかがぼんやりと照らし出されていた。ふたり分の夜具が敷いてあり、男と女が身を寄せ合ったまま眠っていた。女の派手な襦袢《じゆばん》がはだけて、白い首や乳房があらわになっている。男は年配の町人らしかった。大口をあけて、鼾をかいている。客と女郎のようだ。

彦十郎は障子をそのままにし、忍び足で廊下を奥に向かった。次の部屋も、女郎と客の男が寝ていた。

「先だ」

彦十郎が声を殺して言い、さらに奥に向かった。次の部屋は、だれもいなかった。

猪七が奥の部屋の障子を指差し、

「灯が点っていやす」

と、小声で言った。

障子がぼんやりと明らんでいる。その部屋から、かすかに女の話し声が聞こえた。起きているようだ。さきほどの女の声は、そこから聞こえたらしい。

彦十郎たちは、足音を忍ばせて部屋に近寄った。そして、障子の前まで来ると、聞き耳をたてた。

「子供の声だ!」

　思わず、彦十郎の口から声が出た。障子の向こうから聞こえるのは、女の子供の声だった。しかも、ひとりではなく、何人かいるらしい。

　彦十郎は障子に手をかけ、そろそろと障子をあけた。すると、部屋のなかの話し声がやんだ。障子をあける音に気付いたのだろう。

　部屋のなかは暗かった。明かりは点っていなかったが、廊下にある燭台の火で、かすかに部屋のなかが見える。

夜具が敷いてあり、闇のなかに子供らしい白い顔がぼんやりと浮き上がったように見えた。四人いる。部屋のなかにいるふたりは身を起こし、廊下に顔をむけていた。別のふたりは眠っているらしく、寝息が聞こえる。

「おはつと、おうめか」

彦十郎が声を殺して訊いた。

「だ、だれ」

ひとりが、声をつまらせて訊いた。

「鶴亀横丁から、助けにきた者だ」

彦十郎が言った。

　すると、ひとりの女児が夜具を撥《は》ね除《の》けて身を起こし、

「わ、わたし、おうめ」

　と、声を震わせて言った。

「わたし、おはつ」

　もうひとりの女児が言った。

「家に帰してやるぞ」

　そう言って、彦十郎が踏み込み、猪七、神崎のふたりがつづいた。

　佐島と川内は、廊下に残った。吉松屋の者が、侵入者に気付いて駆け付けるかもしれない。その攻撃に、備えたのである。

　彦十郎と猪七が、ふたりの女児を抱き抱えるようにして立たせた。その物音で気付いたらしく、脇で眠っていたもうふたりの女児が目をあけ、彦十郎たちを見た。その顔が恐怖で歪み、泣き出しそうになった。店の男が、折檻《せっかん》でもするために入ってきたと思ったのかもしれない。

「およしちゃん、おきよちゃんこのひとたち、助けに来てくれたの」

　おうめが言った。

「家に帰れるのよ」

すぐに、おはつが言い添えた。

すると、およしの顔から恐怖の色が消え、彦十郎たちに縋るような目をむけた。

「およし、おきよ、家に帰してやるぞ」

神崎が優しい声で言って、およしとおきよを立たせた。

「外へ出よう」

彦十郎が先にたって廊下へ出た。

そして、階段の方へ歩きかけたときだった。廊下の先に、男の姿が見えた。店の若い衆らしい。

「だ、だれだ!」

若い衆が声を上げた。

彦十郎たちは無言だった。彦十郎と佐島が先にたち、若い衆のいる階段の方へ足早に向かった。猪七と神崎が四人の女児の前に位置し、しんがりに川内がついた。

「盗人だ! 店に押し入ってきたぞ」

若い衆が叫んだ。彦十郎たちを、盗人とみたようだ。廊下は暗く、何人もの男たちの姿しか見えなかったせいらしい。

若い衆にかまわず、彦十郎たちは階段に向かった。すると、若い衆は慌てて階段を

駆け下り、

「盗人だ！　二階から、下りてくる！」

と、叫んだ。

彦十郎たちが階段のそばまで来たとき、階下で男たちの叫び声や障子を開ける音などが、あちこちから聞こえた。

かまわず、彦十郎たちは階段を駆け下りた。店の入口近くの板間に、若い衆がひとり立っていた。さきほど二階から駆け下りた男らしい。

板間にいた若い衆は、彦十郎たちから逃げるために慌てて廊下の先に身を引いた。

一階の廊下の先で、男の叫び声や障子をあけ放つ音などが聞こえた。彦十郎が廊下の先に目をやると、何人かの男の姿が見えた。いずれも寝間着姿である。寝間着といっても昼間の下着で、褌《ふんどし》ひとつの男もいた。

「戸口で迎え撃つぞ。……猪七、おはつたちを頼む」

彦十郎が声をかけた。

「合点だ！」

猪七が声を上げ、おはつたち四人を連れて戸口から先に外へ出た。

猪七につづいて、彦十郎たちも戸口から出たが、このまま逃げるつもりはなかった。吉松屋にいる稲五郎や平松を討つのである。そのために、彦十郎をはじめ武士が四人も来ていたのだ。

「あそこだ！」

「店から出たぞ！」

男たちの声が、廊下の先で聞こえた。そして、廊下を走る何人もの足音がひびいた。戸口の方へ走ってくる。

彦十郎たち四人は戸口近くに散り、店から男たちが飛び出してくるのを待った。東の空が、かすかに明らんでいる。闇がいくぶん薄れたようだ。

5

「来たぞ！」

彦十郎が声を上げた。

店の入口から男たちが次々に飛び出してきた。そして、近くにいる彦十郎たちを目にし、「いたぞ！」「四人だ！」などいう声が飛んだ。

先に店から出てきたのは、男が五人だった。若い衆らしい男が四人、それに初老の男がひとり。若い衆らしい男のなかには、辰造の弟分の竹次郎もいた。

初老の男は衣類が粗末なので、住み込みの下働きかもしれない。若い衆らしい男たちは、手に手に匕首や長脇差を持っていた。座敷から飛び出す前に、近くに置いてあった武器を手にしたらしい。

その五人につづいて、大刀を引っ提げた武士と大柄な年配の男が姿を見せた。武士は平松である。大柄な男は、稲五郎ではあるまいか。眉が濃く、ギョロリとした目をしている。

大柄な男が「旦那、頼みやす」とくぐもった声で、平松に言った。

「ひとり斬れば、何とかなる」

平松はそう言うと、手にした大刀を腰に差し、彦十郎に近寄ってきた。

これを見た大柄な男が、

「たたんじまえ！」

と、そばにいた若い衆らしい男たちに声をかけた。やはり、大柄な男が、稲五郎らしい。

稲五郎のそばにいた四人の男が、手にしていた長脇差や匕首を抜き、神崎、佐島、川内の三人に近寄ってきた。相手は武士だが、佐島と川内が老齢だったこともあって侮ったようだ。

平松は刀を腰に帯びたまま、彦十郎の前に立ち、

「今日こそ、始末をつけてやる！」

と、声高に言って抜刀した。

「望むところだ」

すかさず、彦十郎も刀を抜いた。

ふたりの間合は、およそ三間。まだ一足一刀の斬撃の間境の外である。

彦十郎は青眼に構えた。対する平松は、上段である。切っ先で天空を突くように刀身を垂直に立てている。平松は、この構えから提灯斬りをはなつのだ。

ふたりは青眼と上段に構え、いっとき対峙していたが、

「今日こそ、始末してくれる」

言いざま、平松が仕掛けた。高い上段に構えたまま足裏を擦るようにして、ジリジリと間合を狭めてきた。

対する彦十郎は、動かなかった。青眼に構えたまま平松との間合と斬撃の気配を読んでいる。

ふいに、平松の寄り身がとまった。まだ、斬撃の間境まで一間ほどもある。平松は高い上段に構えたまま動かなかった。

「どうした、恐れをなしたか」

彦十郎が詰《なじ》るように言った。

「おぬしこそ。おれの提灯斬りを恐れて、間合を広くとったままだ」

平松が薄笑いを浮かべて言った。

彦十郎は、平松が挑発していることを察知した。彦十郎の気を乱し、構えが崩れて隙が生じた一瞬をとらえようとしているのだ。

「そうかな」

彦十郎は趾《あしゆび》を這うように動かし、すこしずつ間合を狭め始めた。

彦十郎の心の内は平静だった。平松の挑発にのって、間合を狭め始めたのではない。彦十郎は、平松が提灯斬りをはなつ間合を知っていたので、その間合までは自ら狭めても平松の斬撃をあびることはない、と承知していたのだ。

平松も動いた。摺《す》り足《あし》で、すこしずつ間合を狭めてくる。

……あと、半間――。

彦十郎は斬撃の間境まで半間と読んだとき、寄り身をとめた。

そして、彦十郎は斬撃の気配を見せ、
タアッ！

と、鋭い気合を発して斬り込んだ。

踏み込みざま、青眼から袈裟へ。切っ先が、稲妻のように疾《はし》った。

間髪を入れず、平松が斬り込んだ。

上段から真っ向へ。

袈裟と真っ向――。遠間からの仕掛けだったため、ふたりの切っ先は空を切った。

次の瞬間、ふたりの体が躍った。

平松が、真っ向から横一文字に刀身を払った。提灯斬りである。

対する彦十郎は、身を引きざまふたたび刀身を袈裟に払った。

平松の切っ先は、彦十郎の小袖を横に斬り裂き、彦十郎の切っ先は空を切って流れた。

次の瞬間、ふたりは大きく後ろに飛んで間合をとり、ふたたび上段と青眼に構えて対峙した。

……危うかった。

と、彦十郎は思った。

彦十郎の読みより、平松の踏み込みが深かった。そのため、提灯斬りの切っ先で小袖を裂かれたのだ。ただ、平松の切っ先は、彦十郎の肌までとどかなかった。

「あと、一寸《ちよつと》だったな」

平松が嘯くように言った。


このとき、神崎、佐島、川内の三人は、それぞれ若い衆らしい男と対峙していた。

神崎には、匕首を手にした男がふたり、向かってきた。

正面に立った男は、大柄な男だった。すこし前屈《まえかが》みの恰好で、手にした匕首を顎の下に構えている。もうひとりは竹次郎だった。竹次郎は、神崎の左手にまわり込んできた。やはり、匕首を手にして身構えている。

神崎は青眼に構え、前に立った大柄な男に切っ先をむけると、

「さァ、かかってこい」

と、挑発するように声をかけた。

大柄な男は、「殺してやる!」と低い声で言い、すこしずつ間合を狭めてきた。

対する神崎は、動かなかった。そして、大柄な男が斬撃の間境に踏み込むと、青眼に構えていた刀を脇へ下げた。男に踏み込ませるため、隙を見せたのである。

「死ねッ!」

男が叫びざま踏み込んできた。

そして、手にした匕首を神崎の胸の辺りを狙って突き出した。

すかさず、神崎は右手に踏み込んで、男の匕首を躱すと、体をひねるようにして刀身を袈裟に払った。

匕首を手にした男の右の前腕が、ザクリと裂け、皮肉だけを残してぶら下がった。

神崎は、男の腕の骨まで斬ったのだ。

ギャッ! と男は悲鳴を上げ、垂れ下がった前腕を左腕で抱えるようにして逃げた。これを見た竹次郎は、恐怖で顔をひき攣らせ、匕首を手にしたまま後じさった。

そして、神崎との間があくと、脱兎《だっと》のごとく逃げ出した。

神崎は周囲に目をやり、佐島と川内がそれぞれ若い衆に切っ先をむけているのを見て、戸口近くにいた稲五郎の前に立った。

6

稲五郎は神崎が前に立つと、反転して店のなかに逃げようとした。

「動くと、首を落とすぞ」

そう言って、神崎が稲五郎に切っ先をむけた。

「野郎！　殺してやる」

稲五郎は懐に手をつっ込み、匕首を手にした。腰が据わっている。稲五郎は、若いころ喧嘩《けんか》で匕首を遣うことが多かったのかもしれない。

「匕首を捨てろ！」

神崎は、切っ先を稲五郎にむけたまま一歩踏み込んだ。

すると、稲五郎は逃げずに、匕首を前に突き出すようにしてつっ込んできた。そして、神崎に迫ると。

「死ね！」

叫びざま、手にした匕首を横に払った。

咄嗟に、神崎は身を引いて稲五郎の匕首を躱すと、刀身を袈裟に払った。一瞬の太刀捌きである。

切っ先が、稲五郎の肩から胸にかけて斬り裂いた。

稲五郎の着物が袈裟に裂け、あらわになった胸から血が奔騰した。稲五郎は呻き声を上げてよろめき、足がとまると、その場に尻餅をついた。

稲五郎は、地面に尻餅をついたまま苦しげな呻き声を洩らした。小袖が肩から胸にかけて、流れ出た血で真っ赤に染まっている。

神崎は、すぐに彦十郎と佐島たちに目をやり、

……遅れをとるようなことはない。

と、みて、稲五郎に身を寄せた。

「辰造に攫われた娘たちは、助けたぞ」

神崎が稲五郎を見つめて言った。

稲五郎は苦しげに呻き声を上げているだけで、何も応《こた》えなかった。

「辰造は店にいなかったが、どこにいるのだ」

神崎が、語気を強くして訊いた。

「し、知らねえ」

稲五郎が喘ぎながら言った。

「親分のおまえが、知らないのか」

「い、情婦《いろ》のところだと訊いている」

「情婦はどこにいる」

「三間町だ」

「三間町のどこだ」

神崎や彦十郎たちは、辰造が浅草の三間町の情婦のところにいると聞いていた。ただ、三間町は広いので、町名が分かっただけでは探しようがない。

「しゃ、借家だ。……近くに、繁田屋《しげたや》という料理屋がある」

稲五郎が言った。

「繁田屋な」

神崎は、それだけ分かれば、辰造の隠れ家はつきとめられるとみた。

すぐに、神崎は彦十郎に目をやった。様子を見て、助太刀しようと思ったのだ。

このとき、彦十郎が、
イヤアッ！
と、裂帛の気合を発して平松に斬り込んだ。
青眼から袈裟へ——。神速の斬撃である。
刹那、平松も鋭い気合とともに斬り込んだ。
上段から真っ向へ——。
彦十郎の切っ先が、平松の左の二の腕をとらえ、平松の切っ先は空を切った。次の瞬間、平松は刀身を横一文字に払った。提灯斬りである。

ザクリ、と平松の切っ先が、彦十郎の小袖の脇腹辺りを横に切り裂いた。だが、裂いたのは小袖だけである。

次の瞬間、ふたりは大きく後ろに跳んで間合をとると、あらためて青眼と上段に構えあった。

平松の左袖が裂け、あらわになった二の腕が血に染まっている。彦十郎の切っ先が、平松の左の上腕をとらえたらしい。だが、皮肉を斬り裂いただけで、命にかかわるような傷ではない。それに、刀も自在にふるえるようだ。

平松は、神崎が彦十郎に近付いてくるのを目にし、

「勝負、あずけた！」

と、声をかけ、素早く後じさった。そして、反転すると、抜き身を引っ提げたまま走りだした。逃げたのである。

「待て！」

彦十郎は、平松の後を追った。

だが、半町ほど追ったところで足をとめた。平松の逃げ足は速く、追いつきそうもなかったのだ。

彦十郎が神崎のいる場にもどると、そばに佐島と川内が立っていた。三人とも無事らしい。

周囲に目をやると、若い衆がひとり血に染まってへたり込んでいた。佐島か川内の手にかかったらしい。

神崎の前には、血に染まった稲五郎が地面に尻餅をついていた。苦しげな呻き声を洩らしている。

稲五郎は、肩から胸にかけて袈裟に斬られていた。傷は深く、出血が激しかった。体がかすかに震えている。

彦十郎は、稲五郎を見て、

……長くは持たぬ。

と、胸の内でつぶやいた。稲五郎の出血は激しかった。おそらく、手当てしても助からないだろう。

彦十郎たちが、吉松屋の戸口近くに集まっていると、お京とおあきが、攫われたおはつとおうめ、それにおよし、おきよを連れて近寄ってきた。

彦十郎は、まだ幼さの残っている四人の女児に、

「すぐに、家に帰してやるぞ」

と、いつになく優しい声で言った。

すると、四人の女児は、泣きそうな顔をしたが、

「ありがとうございます。ご恩は、忘れません」

とひとりが言うと、他の三人も、「ご恩は、忘れません」と涙声で言った。

すでに辺りは明るくなり、東の空は曙《あけぼの》色に染まっていた。道沿いの店のあちこちから、表戸をあける音が聞こえてきた。浅草の町が動き出したようだ。

7

彦十郎たちは、助け出した四人の女児を連れて増富屋にもどった。おしげとお春が、かいがいしく動き、助け出したおはつ、おうめ、それにおよし、おきよの世話をしてやった。増富屋に着いてから分かったのだが、およしは、田原町二丁目にある下駄屋の娘だった。おきよは傘屋の娘である。

猪七が田原町まで走り、およしとおきよの親に、娘を助け出したことを知らせた。ふたりの親も、すぐに駆け付けるだろう。

彦十郎たちが増富屋にもどって、いっときしたとき、おはつとおうめの両親が、駆

け付けた。

両親は娘を抱き締め、涙を流して喜んだ。ふたりの娘も、それぞれの母親の胸に顔を押しつけ、声を上げて泣き出した。

すると、その様子を見ていたおあきが、娘たちを助けてくれた彦十郎をはじめ神崎たちに、声をつまらせて礼を言った。おあきの目も、涙で潤んでいる。

「いや、横丁のみんなが、手を貸してくれたからだ」

彦十郎が、照れたような顔をして言った。

おはつとおうめの両親につづいて、およしとおきよの両親も駆け付けた。ふたりの親も、娘を抱き締めて喜び、彦十郎たちに何度も礼を言った。

その後、助け出された四人の娘は、それぞれの両親に連れられて家に帰った。四人の娘がいなくなると、彦十郎が、

「まだ、始末はついていないぞ」

と、その場にいた男たちに目をやって言った。

「そうだな。逃げた平松源三郎と辰造が残っている」

神崎が言った。

猪七、佐島、川内の三人が、気をひきしめてうなずいた。

翌朝、彦十郎、猪七、神崎の三人は、浅草三間町に向かった。昨日、佐島と川内も行くと言ったが、相手が辰造ひとりなので、三人で行くことにしたのである。

彦十郎たちは三間町に入ると、通り沿いにあった八百屋の親爺に、繁田屋という料理屋はどこにあるか訊いた。繁田屋は、すぐに知れた。表通りを西に向かって歩き、田原町に突き当たる手前で右手の道に入ると、店の前に出るという。

「この辺りでは、名の知れた老舗でしてね。行けば、すぐ分かりやすよ」

八百屋の親爺が、言い添えた。

彦十郎たちは親爺に聞いたとおりに行ってみた。表通りを歩き、田原町に入る手前で右手の道に入った。

「あれですぜ」

猪七が道沿いにあった料理屋らしい店を指差して言った。

二階建てで、老舗らしい落ち着いた感じのする店だった。まだ、早いせいか店はひっそりしていた。ただ、商売を始めたらしく、店先に暖簾が出ていた。

「借家だったな」

そう言って、彦十郎は繁田屋の通り沿いに目をやった。

繁田屋の斜向かいに、借家らしい仕舞屋が二軒並んでいた。

「あの家だな」

彦十郎が言った。二軒のうちのどちらかが、辰造の情婦の住む家であろう。辰造は身を隠しているにちがいない。

「近付いてみよう」

彦十郎がそう言い、二軒の仕舞屋に向かって歩きだした。

ふいに、彦十郎の足がとまった。手前の仕舞屋の戸口から、男がひとり姿をあらわしたのだ。

彦十郎たちは、慌てて繁田屋の脇に身を隠した。

「やつは、吉松屋から逃げた男だ」

神崎が言った。

仕舞屋の戸口から出てきた男は、竹次郎である。どうやら、竹次郎は吉松屋から逃げた後、兄貴分の辰造の家に来たらしい。

「やつを押さえるぞ。猪七、後ろへまわってくれ」

彦十郎が言った。

竹次郎は、彦十郎たちには気付かず、雪駄《せった》をちゃらちゃらさせながら近付いてくる。竹次郎が繁田屋の近くまできたとき、彦十郎、神崎、猪七が飛び出した。彦十郎が竹次郎の前に、猪七は背後に、神崎は脇にまわり込んだ。

竹次郎はいきなり飛び出してきた三人を見て、ギョッとしたようにその場で立ち竦んだが、

「て、てめえたちは！」

と叫び、懐に手をつっ込んだ。匕首を取り出そうとしたらしい。

彦十郎は素早い動きで抜刀し、刀身を峰に返すと、竹次郎の前に踏み込んだ。

竹次郎が匕首を取り出して、身構えようとした。その一瞬、彦十郎は手にした刀を一閃《いっせん》させた。

峰打ちが、竹次郎の腹を強打した。

竹次郎は手にした匕首を取り落とし、苦しげな呻き声を上げて、その場にへたり込んだ。

「動くな！」

彦十郎が、切っ先を竹次郎の顔にむけた。

そこへ、神崎と猪七が近寄り、竹次郎を取り囲むように立った。

「いま、出てきた家に、辰造がいるな」

彦十郎が竹次郎に語気を強くして言った。

竹次郎は苦しげに顔をしかめたまま、

「いやす」

と、小声で答えた。借家を目の前にして、隠しても仕方がないと思ったようだ。

「情婦とふたりか」

「そ、そうで……」

彦十郎はそれだけ聞くと、竹次郎を縛るよう猪七に指示した。このまま逃がす気はなかったのである。

猪七は竹次郎を後ろ手に縛り、猿轡《さるぐつわ》をかました。

彦十郎たちは竹次郎を連れて、辰造のいる借家に近付いた。

「念のため、おれが裏手にまわる」

そう言い残し、神崎が家の脇を通って裏手に向かった。

8

彦十郎は、足音を忍ばせて家の戸口に近寄った。

すぐに、猪七は捕縛した竹次郎を連れ、戸口の脇にまわった。猪七は、十手を手にしていた。辰造が逃げようとしたら、飛び出して行く手を塞ぐのである。

彦十郎が板戸に耳を近付けると、家のなかからくぐもったような男と女の声が聞こえた。辰造と情婦が話しているらしい。

彦十郎が板戸を引くと、戸は重い音をたてて、あいた。家のなかで聞こえていた話し声がやんでいる。

彦十郎は、土間に踏み込んだ。土間の先に狭い板間があり、その奥が座敷になっていた。その座敷に、辰造と年増の姿があった。年増は、辰造の情婦であろう。

「てめえは、風間！」

辰造が甲走った声で叫んだ。

彦十郎は土間に立つと、刀を抜いて、峰に返した。辰造を峰打ちで仕留めるつもりだった。

辰造は目をつり上げて立ち上がり、座敷の奥にあった神棚に手を伸ばした。そして、匕首を手にした。彦十郎に歯向かう気らしい。

「お、おまえさん、この男《ひと》は」

年増が声を震わせて訊いた。

「おせん、ここにいろ！」

辰造は、そう言った後、左手に目をやった。裏手につづく廊下がある。そこから、裏手に逃げるつもりらしい。

「辰造、逃げられんぞ。裏口もかためてある」

言いざま、彦十郎は板間に上がった。そして、念のため、廊下側に身を寄せた。辰造が廊下へ逃げようとしても、押さえられる場である。

「殺してやる！」

辰造は、匕首を手にして身構えた。

ヒイイッ！　と、喉を裂くような悲鳴を上げ、おせんが這って座敷の隅に逃げた。

彦十郎は、切っ先を辰造にむけて近寄った。

「辰造、匕首を捨てろ！」

辰造は目をつり上げ、匕首を前に突き出すように構えて踏み込んできた。

咄嗟に、彦十郎は右手に体を寄せざま、刀身を横に払った。一瞬の太刀捌きである。

彦十郎の峰打ちが、踏み込んできた辰造の脇腹をとらえた。

グワッ、という悲鳴とも呻き声ともつかぬ声を上げ、辰造は前に泳いだ。そして、足がとまると、匕首を取り落とし、両手で脇腹を押さえてうずくまった。肋骨《ろっこつ》でも折れたのかもしない。苦しげな呻き声を上げている。

彦十郎は辰造に切っ先を突き付けたまま、声を大きくして猪七を呼んだ。

すぐに、猪七が戸口から顔を出した。竹次郎を連れている。

「辰造に縄をかけてくれ」

彦十郎が声をかけた。

猪七は竹次郎を残して座敷に上がり、苦しげに呻き声を上げている辰造の両腕を後ろにとって縄をかけた。

「女はどうしやす」

猪七が、座敷の隅で身を顫わせている情婦に目をやって訊いた。

「念のため、女にも縄をかけてくれ」

「へい」

すぐに、猪七は縄を手にして女の後ろにまわった。女は猪七に抵抗せず、なすがままになっている。

猪七が女に縄をかけ終えたとき、裏手にまわっていた神崎が姿を見せた。彦十郎と猪七のやりとりが神崎の耳にもとどき、辰造と女に縄をかけたのを知ったようだ。

「辰造を捕らえたか」

神崎が、辰造に目をやって言った。

「この場で、辰造に訊いてみる」

そう言って、彦十郎はあらためて辰造の前に立った。一時も早く、攫われた娘たちの監禁場所が知りたかったのだ。

辰造は、彦十郎を見上げたが、顔をしかめただけで何も言わなかった。峰打ちを浴びた脇腹がまだ痛むらしい。

「攫った娘は、吉松屋にいた四人だけか」

彦十郎が訊いた。

辰造は上目遣いに彦十郎を見たが、何も言わなかった。顔をしかめただけである。

「すでに、おまえの耳にも入っていると思うが、吉松屋にいた者たちは捕らえた。もっとも、稲五郎と子分の多くは、死んだがな。……それに、おまえが攫った娘たちは助け出した。いまごろ親たちに抱かれて、喜んでいるはずだ」

「……！」

辰造が顔をしかめた。

「辰造、いまさら隠してもどうにもならんぞ」

彦十郎はいっとき間を置いた後、

「攫った娘は、他にもいるな」

と、語気を強くして訊いた。

「吉原にいまさァ。いい花魁《おいらん》になってる女もいやすぜ」

そう言った、辰造の顔に薄笑いが浮いたが、すぐに消えた。

「吉松屋に連れていく前は、攫った娘たちを吉原に売っていたのか」

「それが、あっしの仕事でさァ」

辰造が嘯くように言った。

彦十郎は顔をしかめて虚空に目をやっていたが、

「おまえも、年貢の納め時だな。……ところで、平松の塒はどこだ。平松は稲五郎や子分たちを見捨ててひとりだけ逃げたのだ」

と、辰造を見据えて訊いた。

「知らねえ」

「平松は目の前にいる稲五郎たちを見捨てて逃げたのだぞ。おまえを助けに来てくれるとでも、思っているのか」

「……！」

辰造の顔に、憎悪の色が浮いた。

「平松はどこにいる」

彦十郎が語気を強くして訊いた。

「塒は知らねえが、情婦が材木町で小料理屋をやっていると聞きやした」

「材木町のどこだ」

すぐに、彦十郎が訊いた。材木町は、大川端沿いにひろがっている。材木町と分かっただけでは探すのが難しい。浅草寺に近いので、料理屋や小料理屋なども多いはずだ。

「吾妻橋《あづまばし》の近くと、聞きやした」

「橋の近くか」

吾妻橋は、大川にかかっている。吾妻橋のたもと近くに、小料理屋が多くあるとは思えない。彦十郎は、橋のたもと近くを探せば、平松が身を隠している小料理屋は知れるとみた。

彦十郎が口をとじると、辰造が、

「あっしの知ってることは、話しやした。あっしを帰《けえ》してくだせえ」

と言って、彦十郎を見上げた。

「辰造、おまえの御陰《おかげ》で、地獄に突き落とされた娘が何人もいるのだぞ。……おまえも、地獄を見るがいい」

そう言って、彦十郎は辰造を睨《にら》むように見据えた。彦十郎は、辰造と竹次郎を町方に渡すつもりでいたのだ。

第六章　決戦

1

「風間さま、今日はふたりだけですか」

平兵衛が、心配そうな顔で訊いた。

「そのつもりだ。相手は、平松ひとりだからな」

彦十郎は、これから猪七とふたりで浅草材木町に行くつもりだった。平松の居所を探って、討ち取るのである。

「あっしは、神崎の旦那や佐島の旦那も、いっしょに行ってもらいてえが、風間の旦那が、ひとりで行くと言ってきかねえんで」

猪七が眉を寄せて言った。

「心配するな。おれひとりで、何とかなる」

彦十郎は、すでに平松の遣う提灯斬りと二度対戦していた。その構えや太刀筋を知っていたので、遅れをとるようなことはない、と思っていた。ただ、油断はできない。真剣勝負はその場の状況によって、どう転ぶか分からないからだ。例えば、向かい風を受ける場に立ったために気が乱れ、遅れをとることもある。

「出かけるか」

そう言って、彦十郎が戸口に足をむけた。そのとき、腰高障子があいて、神崎が姿を見せた。

「間に合ったか」

神崎が、ほっとした顔をして店に入ってきた。

「神崎、材木町に行くつもりか」

彦十郎が訊いた。

「そのつもりできた」

「相手は、平松ひとりだ」

「分からんぞ。稲五郎の子分が残っていて、何人もで襲うかもしれん。ともかく、おれも、いっしょに行く」

「勝手にしろ」

彦十郎はそれ以上言わず、先に増富屋から出た。

彦十郎たち三人は、浅草寺の門前の広小路を東に向かい、そのまま吾妻橋のたもとに出た。そのたもとから、南にひろがっているのが、材木町である。

彦十郎たちは橋のたもとから大川端沿いの道に出て、一町ほど南に歩いてから川岸近くに足をとめた。

「この辺りが、材木町だな」

彦十郎が言った。

「辰造は、吾妻橋の近くだと言ってやしたぜ」

そう言って、猪七は彦十郎と神崎に目をやった。

「どうだ、この辺りで分かれ、小料理屋を探してみないか。近所で訊けば、平松がいるかどうか知れるはずだ」

「そうしよう」

すぐに、神崎が同意した。

彦十郎たち三人は、一刻（二時間）ほどしたら、この場に集まることにして別れた。

ひとりになった彦十郎は、いっとき川下に歩いてから、道沿いにあった下駄屋に立ち寄って、近所に小料理屋があるかどうか訊いてみた。店にいた親爺によると、近くに小料理屋はないという。

彦十郎はさらに下流に向かって歩き、大川の岸辺の船寄にいた船頭に、

「この近くに、小料理屋はないか」

と、同じことを訊いた。

「ありやすよ」

すぐに、船頭が答えた。

「あるか!」

彦十郎の声が大きくなった。

「へい、川下に一町ほど歩きやすと、右手に入《へえ》る道がありやす。その道の先に、小料理屋がありまさァ」

「その小料理屋に、武士が出入りしてないかな」

彦十郎は念のために訊いてみた。

「あっしは、小料理屋に入《へえ》ったことがねえんで、分からねえ」

船頭が首をすくめて言った。

「邪魔したな」

彦十郎は、桟橋から川沿いの通りにもどった。

彦十郎は船頭から聞いた小料理屋に行ってみようと思い、川下に向かって歩いた。一町ほど歩くと、右手に入る道があった。その道にも、ひとが行き交っていた。旅装束の男や駄馬を引く馬子の姿もあった。大川端の道と日光街道を結んでいる道らしい。

彦十郎は、道の左右に目をやりながら歩いた。小料理屋を探したのである。いっとき歩くと、道沿いで店を構えていた笠屋の脇に、人影があった。猪七である。どうやら、猪七もどこかで、この近くに小料理屋があると聞いて来たらしい。

彦十郎は笠屋の脇に行き、

「猪七、小料理屋は知れたか」

と、声をかけた。

猪七は彦十郎に顔をむけ、「知れやした」と小声で言い、

「そこの路地に入《へえ》って、すぐのところにありやす」

と言って、向かいにある下駄屋を指差した。

下駄屋の脇に、路地があった。その路地に入ってすぐのところに、小料理屋らしい

店がある。

「小料理屋に、平松がいるか知れたのか」

彦十郎が小声で訊いた。

「平松がいるかどうか分からねえ。店はひらいているらしく、ちょいと前《めえ》に職人らしい男がふたり店に入《へえ》りやした」

「平松が、店にいるかどうか知りたいが……」

彦十郎が言った。はたして路地にある小料理屋が、平松の情婦のやっている店なのか、はっきりしない。

「あっしが、店の様子をみてきやす」

猪七はそう言い残し、下駄屋の脇の路地に足をむけた。

猪七は通行人を装って小料理屋の前まで行くと、履いてきた草履《ぞうり》を直すようなふりをして屈み込んだ。

いっときして、猪七は立ち上がり、しばらく歩いてから踵を返してもどってきた。

「どうだ、様子が知れたか」

彦十郎が訊いた。

「客は何人かいるようだが、平松が店にいるかどうか分からねえ」

猪七が、肩を落として言った。

2

彦十郎は小料理屋に入って、平松がいるかどうか確かめたかったが、その場から動かなかった。店に入って訊いて、平松がいなかった場合、女将は平松が姿を見せた日に、見知らぬ武士が店に来たことを知らせるにちがいない。そうなると、平松を探す糸が切れてしまう。

彦十郎と猪七がその場に身を隠して、小半刻（三十分）ほど経ったろうか。小料理屋からふたりの男が出てきた。ふたりとも、職人ふうだった。まだ、日中だったが、ふたりは何等《なんら》かの都合で仕事を休み、小料理屋で一杯やったのだろう。

ふたりの男につづいて、女将らしい年増が店先に姿をあらわした。平松の情婦にちがいない。

年増はふたりの客に、「また来てくださいね」と声をかけ、ふたりが店先から離れたのを見てから、踵を返して店にもどった。

ふたりの男は、何やら話しながら路地を歩いていく。

「おれが、ふたりに店の様子を訊いてみる」

そう言い残し、彦十郎はふたりの男の後を追った。

彦十郎はふたりに追いつくと、肩を並べて歩きながら、

「ちと、訊きたいことがある」

と、声をかけた。

「何です」

年上と思われる赤ら顔の男が訊いた。顔に警戒の色がある。いきなり、見知らぬ武士に声をかけられたからだろう。

「いま、そこの小料理屋から出てきたな」

「へい」

赤ら顔の男から、警戒の色は消えなかった。もうひとりの小柄な男も、不安そうな顔をしている。

「実は、あの店の女将のことでな」

彦十郎が、急に声を落とした。

「おまささんですかい」

赤ら顔の男が言った。女将の名は、おまさらしい。

「店に何度か飲みに来たことがあるのだがな。そのとき、平松どのという武士がいてな、馳走《ちそう》になったことがあるのだ。……平松どのが店にいれば、立ち寄って一杯やろうと思ってきたのだが、武士はいたかな」

彦十郎が、もっともらしく平松の名を出して訊いた。

「平松の旦那は、店にいやせん」

すぐに、赤ら顔の男が言った。平松のことを知っているらしい。

「いないのか」

彦十郎は、がっかりしたように肩を落として見せた。

「店の女将さんの話だと、今日は出かけてるが、明日は店に来ると言ってやした。平松の旦那は、ちかごろ店にいることが多いそうで」

「そうか」

彦十郎が言った。どうやら、小料理屋は平松の塒になっているらしい。稲五郎や子分たちが、捕らえられたり討たれたりしたため、平松は情婦のいる小料理屋しか行き場がなくなったのだろう。

彦十郎はふたりの男と別れると、猪七のそばにもどり、ふたりの男から聞いたことを話し、

「明日、出直そう」

と、言い添えた。

彦十郎と猪七は、神崎と別れた場所にもどった。まだ、神崎の姿はなかったが、いっときするともどってきた。

「駄目だ、小料理屋はあったが、平松とはかかわりのない店だった」

神崎が肩を落として言った。

「平松の情婦がやっている小料理屋は、見つかったのだがな。平松は店にいなかった」

彦十郎はそう言って、明日、出直すことを言い添えた。


翌朝、陽が高くなってから、彦十郎、猪七、神崎の三人は増富屋を出た。向かった先は、平松の情婦がやっている材木町にある小料理屋である。

彦十郎たちは、材木町の大川端の道から小料理屋のある道に入った。そして、小料理屋の近くまで来ると、店先に暖簾が出ているのを目にし、店がひらいているのを確かめてから、昨日身を隠した笠屋の脇に身を寄せた。

「まず、平松がいるかどうか、確かめねばならない」

彦十郎は、いま平松が店にいなかったとしても、しばらく待つつもりだった。昨日聞いた男の話だと、平松は今日店に来るらしいのだ。

「あっしが、様子をみて来やす」

そう言い残し、猪七は彦十郎たちをその場に残して、笠屋の脇から出た。

猪七は通行人を装って小料理屋の脇まで行くと、路傍に屈み、草履の鼻緒を直すふりをして聞き耳を立てているようだったが、いっときすると、立ち上がって歩きだした。そして、半町ほど歩いてから足をとめ、踵を返してもどってきた。小料理屋にいる者や通行人に、気付かれないように用心したらしい。

猪七は彦十郎たちのそばにもどると、

「店に、平松はいやした！」

すぐに、昂った声で言った。

「いたか！」

彦十郎の声も、大きくなった。

「へい、店のなかで、源三郎さん、と呼ぶ女の声が聞こえやした」

猪七が言った。

平松の名は、源三郎である。おそらく、声の主は情婦の女将で、平松を呼んだのであろう。

「どうしやす」

猪七が訊いた。

「店には、客もいたのか」

彦十郎は、客がいれば、いま店に踏み込んで、平松を外に呼び出すのはやめようと思った。騒ぎが大きくなり、平松を逃がす恐れがあったのだ。

「いたかどうか分からねえが、聞こえたのは、女の声だけでしたぜ」

猪七によると、店のなかは静かで、客のいるような気配はなかったという。

「確かめてみよう。客がいなければ、店に入って呼び出してもいい」

まだ、早いので客はいないのではないか、と彦十郎はみた。彦十郎たちが、朝のうちに増富屋を出たのも、小料理屋に客がいないときを狙ってそうしたのだ。

彦十郎、神崎、猪七の三人は通行人を装って、小料理屋に向かった。

3

彦十郎は小料理屋のそばまで来ると、路傍に足をとめ、

「おれが、店に入って平松を呼び出す。神崎と猪七は、近くに身を隠していてくれ」

と、ふたりに声をかけた。

「承知した」

神崎が言うと、猪七もうなずいた。

彦十郎はひとりで、小料理屋に向かった。店先に近付くと、店の入口の格子戸に身を寄せて聞き耳をたてた。

……平松がいる！

彦十郎が胸の内で声を上げた。

女将らしい女の、「源三郎さん」と呼ぶ声につづいて、「何だ、おまさ」と呼ぶ平松の声が聞こえたのだ。

彦十郎は、格子戸に手をかけてあけた。狭い土間の先が、すぐに小上がりになっていた。そこに、武士と年増の姿があった。他の客はいない。武士は平松で、年増は店の女将のおまさであろう。

平松は彦十郎の顔を見るなり、

「風間か！」

と叫びざま、傍らにあった大刀を手にして立ち上がった。

脇に座していたおまさは、

「お、おまえさん、この男《ひと》は」

と、声をつまらせて訊いた。驚いたような顔をして、彦十郎を見つめている。

「こいつは、おれを追いまわしている男でな、何か恨みでもあるようだ」

平松が嘯くように言った。

「平松、表へ出ろ」

彦十郎が声をかけた。

平松は手にした大刀を腰に帯び、

「おぬし、ひとりか」

と、戸口に目をやって訊いた。

「おぬしを討つのは、おれひとりで十分だ。助太刀はいらぬ」

彦十郎が、平松を見据えて言った。

「返り討ちにしてくれるわ」

平松の顔に、怒りの色が浮いた。情婦の前で、侮られたと思ったらしい。

彦十郎は後ろから斬りつけられるのを防ぐために、体を平松にむけながら後ずさり、店から出た。

つづいて、平松も通りに出てきた。そして、彦十郎と対峙すると、周囲に目を配って彦十郎の仲間がいないか確かめてから、

「今日こそ、始末をつけてやる」

と言って、刀を抜いた。

「おお！」

と声を上げ、彦十郎も抜いた。

通りかかった通行人たちは、平松と彦十郎が刀を手にして対峙したのを見ると、悲鳴を上げて逃げ散った。

このとき、神崎と猪七は、小料理屋の脇に身を隠していた。彦十郎が遅れをとりそうだ、とみれば、飛び出すつもりで、彦十郎と平松に目をやっている。

彦十郎と平松の間合は、およそ三間半——。

平松は上段に構えた。切っ先で天空を突くように刀身を垂直に立てている。その大きな構えは、上から覆いかぶさってくるような威圧感があった。この構えから、平松は真っ向へ斬り下ろし、二の太刀で敵の腹を横に斬り裂くのだ。提灯斬りである。

すかさず、彦十郎は青眼に構え、剣尖を平松の刀の柄を握った左拳につけた。上段に対応する構えをとったのだ。

ふたりは上段と青眼に構えて対峙したまま動かなかった。全身に気勢を込め、斬り込む気配を見せたまま気魄で攻めていた。気攻めである。

そのとき、すこし離れた場から甲高い女の悲鳴のような声が聞こえた。通りかかった女が、刀を手にして向かい合っている彦十郎と平松の姿を目にしたようだ。

女の甲高い声で、彦十郎と平松の気魄の攻め合いが破れた。

「いくぞ！」

平松が声を上げ、足裏を摺るようにしてジリジリと間合を狭めてきた。

対する彦十郎は、剣尖を平松の左拳につけたまま動かなかった。平松の気の動きと、ふたりの間合を読んでいる。

ふいに、平松の寄り身がとまった。一足一刀の斬撃の間境まで、まだ半間の余がある。この間合だと、いかに平松が大きく踏み込んでも、上段から斬り込んだ切っ先は彦十郎にとどかない。

平松の上段からの斬り込みは捨て太刀だが、それでも遠過ぎる。

平松は斬撃の気配を見せたまま、気魄で彦十郎を攻めた。対する彦十郎は気を静め、平松の斬撃の気配を読んでいる。

ふたりは、上段と青眼に構えて対峙したまま動かなかった。気の攻防といってもいい。

　どれほどの時が過ぎたのか。ふたりは気魄で攻め合っていたため、時間の経過の意識はなかった。

　そのとき、彦十郎が、青眼に構えていた剣尖をピクッ、と動かした。平松の気を乱そうとしたのだ。

　その仕掛けで、ふたりをつつんでいた緊張が破れた。次の瞬間、平松の全身に斬撃の気がはしった。

　平松は一歩踏み込み、イヤアッ！　と、裂帛の気合を発して斬り込んできた。

　上段から真っ向へ――。提灯斬りの初太刀である。

　彦十郎は、この斬り込みを予期していたので、わずかに身を引いただけで、構えもくずさなかった。

　次の瞬間、平松が二の太刀を放った。

　さらに踏み込みざま、刀を横に払ったのだ。真っ向へ斬り下ろした太刀を横一文字に払う。提灯斬りである。

　すかさず、彦十郎は半歩ほど身を引いて、平松の二の太刀を躱すと、鋭い気合を発しざま刀を袈裟に払った。

ザクリ、と平松の小袖の左肩が裂けた。

彦十郎の切っ先が、踏み込んできた平松の左の肩先をとらえたのだ。次の瞬間、ふたりは後ろに跳び、大きく間合をとった。

ふたりは、ふたたび上段と青眼に構えた。平松の小袖の左肩が裂け、血に染まっていた。彦十郎の切っ先は平松の肌まで斬り裂いたようである。ただ、深手ではなかった。おそらく、皮肉を薄く切り裂いただけであろう。

「平松、提灯斬りの太刀筋、見切ったぞ」

彦十郎が、切っ先を平松にむけたまま言った。

「そうかな」

平松が彦十郎を見据えて言った。双眸が、燃えるようにひかっている。

4

平松は刀を垂直に立てた高い上段に構えたが、その切っ先をわずかに背後に倒した。そして、刀の柄を握った両拳を左肩の上に持ってきた。上段というより、八相《はっそう》の構えである。

すかさず、彦十郎は青眼に構えた刀の剣尖を平松の刀の柄を握った左拳にむけた。

……この構えから、袈裟にくるのか！

彦十郎は頭のなかで、八相から提灯斬りの初太刀である真っ向へ斬り込むのは難しいとみた。とすれば、平松は初太刀を袈裟に斬り込み、二の太刀を提灯斬りの横一文字に払うはずだ。

ふたりは、八相と青眼に構えたまま対峙していた。ふたりはすぐに動かなかった。全身に気勢を込め、斬撃の気配をみせて気魄で攻めている。

だが、すぐに平松の気が乱れ、構えが崩れて、八相に構えた刀身がかすかに震えだした。左肩を斬られたことで、気を鎮めたまま対峙していられなくなったのだ。

「おれの、提灯斬り、受けてみろ！」

平松が甲走った声を上げ、間合を狭め始めた。勝負に出たのである。

平松は八相に構えたまま、すこしずつ間合を狭めてきた。間合が狭まるにつれ、平松の全身に斬撃の気配が高まってきた。

対する彦十郎は、動かなかった。青眼に構え、剣尖を平松の左拳にむけたまま、ふたりの間合と平松の斬撃の気配を読んでいる。

……あと一間！

彦十郎が、斬撃の間境まで一間と読んだとき、ふいに平松の寄り身がとまった。このまま斬撃の間境を越えると、彦十郎に斬られるとみたらしい。

イヤアッ!

突如、平松が裂帛の気合を発し、摺り足で踏み込んできた。気合で彦十郎の気を乱し、一瞬の隙をついて斬り込もうとしたらしい。

だが、彦十郎の気は乱れなかった。気を鎮め、平松との間合と斬撃の気配を読んでいる。

……あと、半間!

彦十郎がそう読んだとき、突如、平松が仕掛けた。

裂帛の気合を発しざま、八相から袈裟へ——。だが、遠間だったので、平松の切っ先は彦十郎にとどかなかった。

……提灯斬りか!

彦十郎が、頭のどこかでそう叫んだ。

平松の刀の放つ刃光が、彦十郎から一尺ほど離れたところで、斜にはしった。提灯斬りの初太刀である。

咄嗟に、彦十郎は半歩身を引いた。

刹那、平松が二の太刀を放った。

一歩踏み込みざま横一文字に――。袈裟から横一文字へ。提灯斬りの二の太刀が繰り出された。

だが、この斬り込みを読んでいた彦十郎は、一歩身を引いて、平松の切っ先を躱すと、

タアッ！

と、鋭い気合を発し、斬り込んだ。

袈裟へ――。

ザクリ、と平松の小袖が肩から胸にかけて裂け、ひらいた傷口から血が激しく迸り出た。深い傷である。

平松は呻き声を上げて、よろめいた。出血が激しく、噴出した血が見る間に平松の上半身を血で染めていく。

平松は手にした刀を取り落とし、苦しげな呻き声を上げたが、足がとまると腰から崩れるように倒れた。

地面に俯《うつぶ》せに倒れて平松は、もがくように四肢を動かしていたが、いっときすると、動かなくなった。絶命したようである。平松の体の周囲が、流れ出た血で赤い布

をひろげるように染まっていく。

彦十郎は血刀を引っ提げたまま平松のそばに立ち、

……何とか、提灯斬りをやぶった。

と、胸の内でつぶやいた。

そこへ、神崎と猪七が走り寄った。

「遣い手だったな」

神崎が、平松の死体に目をやって言った。神崎も、平松が提灯斬りと称する必殺剣を遣うことを知っていたのだ。

「さすが、風間の旦那だ、強《つえ》えや」

猪七が感嘆の声を上げた。

「こやつ、どうする」

神崎が彦十郎に目をやって訊いた。

「骸《むくろ》をこの場に放置しておくこともできまい。店の戸口まで運んでやろう」

平松の情婦のおまさが、亡骸《なきがら》を始末するだろう、と彦十郎を思った。

「あっしも、手を貸しやすぜ」

猪七が言った。

神崎もその気になり、彦十郎、神崎、猪七の三人で、平松の死体を小料理屋の入口まで運んだ。

小料理屋のなかはひっそりしていたが、小上がりを歩く足音が聞こえた。おまさの足音らしい。平松のことが、心配で凝《じっ》としていられないのだろう。

「おまさか」

彦十郎が声をかけた。

すると、店のなかの足音がとまった。おまさが足をとめ、店の入口の気配を窺っているようだ。

「平松を葬ってやるがいい」

彦十郎は、そう声をかけると、踵を返した。

彦十郎たち三人が、店の入口から遠ざかったとき、背後で格子戸をあける音がし、「おまえさん！」と叫ぶ、女の声が聞こえた。おまさが、店から出てきて平松の死体を目にしたようだ。

彦十郎たち三人は、振り返らなかった。背後から、おまさの泣き声が後を追うように聞こえてきた。

5

彦十郎は増富屋の奥の座敷で朝餉を食べ終え、おしげが淹れてくれた茶を飲んでいた。今朝は、いつもより遅くまで寝ていたので、五ツ半（午前九時）ごろになるのではあるまいか。

「今日は、仕事に出かけるかな。いい仕事があれば、だが……」

彦十郎が、生欠伸《なまあくび》を嚙《か》み殺《ころ》して言った。

彦十郎が神崎たちといっしょに平松を討ち取って、三日過ぎていた。その間、彦十郎は仕事もせず、ふしだらな日を過ごしていたのだ。

そのとき、廊下を歩く足音がした。お春らしい。彦十郎は、増富屋に住む平兵衛、おしげ、お春の三人の足音を聞き分けることができる。

足音は障子の向こうでとまり、

「風間さま、いるの」

と、お春の声がした。

「いるぞ」

彦十郎が声をかけると、すぐに障子があいて、お春が顔を出した。

「風間さま、見えてますよ」

お春が彦十郎を見つめ、声をひそめて言った。

「だれが、来ているのだ」

彦十郎は、気のない声で訊いた。猪七でも、仕事に行く途中立ち寄ったのでないかとみたのだ。横丁の娘がふたり攫われた事件の始末がついてから、猪七も神崎も、増富屋にあまり顔を見せなくなったのだ。

「おあきさん」

お春が、声をひそめておあきの名を口にした後、

「それに、下駄屋の勝次郎さんと古着屋の峰造さん」

と、小声で言い添えた。

「おれに、用があるのか」

「風間さまに、お礼が言いたいようですよ。わたし、おとっつァんに、風間さまを呼んでくるように言われて来たの」

お春が言った。

「そうか」

どうやら、勝次郎たちはおはつとおうめを攫った一味の始末がついたことを耳にし、あらためて礼を言いに来たようだ。

「風間さま」

お春が、意味ありそうな目で彦十郎を見た。

「なんだ」

「手習所のおあきさんが、風間さまにお会いしたいと言ってましたよ」

お春が声をひそめて言った。

「そ、そうか」

彦十郎は声をつまらせて言い、手にした湯飲みの茶を一気に飲み干した。

そして、「どうせ、暇なのだ。三人に会ってみるか」とわざと気のない声で言い、湯飲みを置いて立ち上がった。

帳場の奥の座敷に行くと、平兵衛、下駄屋の勝次郎、古着屋の峰造、それにおあきの姿があった。

「風間さま、ここへ」

平兵衛が、自分の脇のあいている場に手をむけた。

彦十郎が腰を下ろすと、平兵衛が、

「三人は、風間さまにお会いするためにみえたのです」

と、小声で言った。

「攫われた娘たちを助けていただいたばかりでなく、人攫い一味を残らず、始末してもらったと聞きました。これから安心して暮らせます」

勝次郎が言うと、

「これもみな、風間さまたちの御陰です」

峰造が言い添えた。

「い、いや、おれはたいしたことはやっていない。攫われた娘たちが、辛抱して暮らしていたので、無事に助け出すことができたのだ」

彦十郎が、慌てて言った。咄嗟に攫われた娘たちのことを口にしたのだが、嘘ではなかった。彦十郎の胸の内には、攫われたおはつたち四人が幼い身でありながら、しっかり暮らしていたからこそ、無事に助け出すことができた、とみていた。

「おはつちゃんと、おうめちゃん。また、手習所に通うようになったんですよ」

おあきが、嬉しそうな顔をして言った。

「それは、よかった」

彦十郎は、おはつとおうめも、元の暮らしにもどれたようだ、と胸の内で思った。

つづいて口をひらく者がなく、座敷が沈黙につつまれたとき、勝次郎が懐から袱紗《ふくさ》包みを取り出し、

「手前と峰造さん、それに田原町の下駄屋の旦那の弥吉《やきち》さんと傘屋の吉造《よしぞう》さん。あらためて四人で相談し、これを用意しました」

そう言った後、袱紗包みを彦十郎の膝先に置き、

「六両あります。三両は、弥吉さんが出してくれました」

と、小声で言い添えた。おそらく、弥吉は勝次郎たちから、以前彦十郎たちに礼金を渡したと聞き、自分も礼をしたいと思ったのだろう。

彦十郎が戸惑っていると、

「風間さま、頂いておいたらどうです」

平兵衛が小声で言った。

「この金は、三人で分けさせてもらう」

彦十郎が袱紗包みを手にし、神崎と猪七の名を口にしてから懐に入れた。そのとき、佐島と川内のことが彦十郎の胸に過ぎったが、「後で、一杯飲ませれば、いいだろう」と思い、三人で分けることにした。

それを見ていた平兵衛が、

「これで、鶴亀横丁も安心して子供たちを手習所に通わせることができますな」

と、笑みを浮かべて言った。

「はい、風間さまたちの御陰です」

おあきが、頼もしそうに彦十郎を見た。

その場にいた勝次郎たちの顔にも笑みが浮いた。

彦十郎は小袖の上から袱紗包みを手でおさえ、「これで、しばらく、のんびり暮らせる」と胸の内でつぶやいた。

了

本書は文庫書下ろし作品です。

|著者|鳥羽 亮　1946年生まれ。埼玉大学教育学部卒業。'90年『剣の道殺人事件』で第36回江戸川乱歩賞を受賞。著書に「はぐれ長屋の用心棒」シリーズ、「剣客旗本奮闘記」シリーズ、「はみだし御庭番無頼旅」シリーズ、「剣客同心親子舟」シリーズのほか、『警視庁捜査一課南平班』、『疾風剣谺返し』『修羅剣雷斬り』『狼虎血闘』の「深川狼虎伝」シリーズ、『御隠居剣法』『ねむり鬼剣』『霞隠れの女』『のっとり奥坊主』『かげろう妖剣』『霞と飛燕』『闇姫変化』の「駆込み宿 影始末」シリーズ、『鶴亀横丁の風来坊』『金貸し権兵衛』の「鶴亀横丁の風来坊」シリーズ（以上、講談社文庫）など多数ある。

提灯斬《ちょうちんぎ》り　鶴亀横丁《つるかめよこちょう》の風来坊《ふうらいぼう》
鳥羽《とば》 亮《りょう》

講談社文庫
定価はカバーに
表示してあります

2019年7月12日第1刷発行

発行者――渡瀬昌彦
発行所――株式会社 講談社
東京都文京区音羽2-12-21 〒112-8001
電話 出版 (03) 5395-3510
販売 (03) 5395-5817
業務 (03) 5395-3615
Printed in Japan

デザイン―菊地信義
本文データ制作―講談社デジタル製作
印刷―――豊国印刷株式会社
製本―――株式会社国宝社

ISBN978-4-06-516537-9

講談社文庫刊行の辞

二十一世紀の到来を目睫に望みながら、われわれはいま、人類史上かつて例を見ない巨大な転換期をむかえようとしている。

世界も、日本も、激動の予兆に対する期待とおののきを内に蔵して、未知の時代に歩み入ろうとしている。このときにあたり、創業の人野間清治の「ナショナル・エデュケイター」への志を現代に甦らせようと意図して、われわれはここに古今の文芸作品はいうまでもなく、ひろく人文・社会・自然の諸科学から東西の名著を網羅する、新しい綜合文庫の発刊を決意した。

激動の転換期はまた断絶の時代である。われわれは戦後二十五年間の出版文化のありかたへの深い反省をこめて、この断絶の時代にあえて人間的な持続を求めようとする。いたずらに浮薄な商業主義のあだ花を追い求めることなく、長期にわたって良書に生命をあたえようとつとめるところにしか、今後の出版文化の真の繁栄はあり得ないと信じるからである。

同時にわれわれはこの綜合文庫の刊行を通じて、人文・社会・自然の諸科学が、結局人間の学にほかならないことを立証しようと願っている。かつて知識とは、「汝自身を知る」ことにつきていた。現代社会の瑣末な情報の氾濫のなかから、力強い知識の源泉を掘り起し、技術文明のただなかに、生きた人間の姿を復活させること。それこそわれわれの切なる希求である。

われわれは権威に盲従せず、俗流に媚びることなく、渾然一体となって日本の「草の根」をかたちづくる若く新しい世代の人々に、心をこめてこの新しい綜合文庫をおくり届けたい。それは知識の泉であるとともに感受性のふるさとであり、もっとも有機的に組織され、社会に開かれた万人のための大学をめざしている。大方の支援と協力を衷心より切望してやまない。

一九七一年七月

野間省一